JN306464

短歌はじめました。

百万人の短歌入門

穂村 弘・東 直子・沢田康彦

角川文庫
13981

はじめに

漫画家もいれば、主婦もいます。

女優もいれば、ＯＬもいて、プロレスラーも大工も小学生もオリンピック選手もいます。

恋愛中の人も、キワキワの人も。

下は九歳から、上は八十二歳まで……短歌を詠んだ人詠まされた人はこの二年間でのべ二百人・一千首を超えました。

そんなシロートたちの歌を、ばっさり斬る！

これは、そういうオソロシイ本です。


短歌結社『猫又』が生まれたのは、ある晩秋の夜、青山のワインバーにおいてでありました。きっかけは女優の渡辺満里奈《まりな》さんからもらった「体温」というお題。

その頃ぼくは、出たばかりの『短歌パラダイス』（小林恭二著・岩波新書）に夢中になっていて、ところかまわず短歌や俳句を〝詠《うた》って〟いたのです。正確に言えば、「短歌や俳句らしきもの」を、ですが。詠ってはハガキやファックスなどで人に送りつけ、返事がなかったら、電話をかけて「あれ、どうだったぁ？」などと聞いてみたりしていました。たまに「返歌」などがあろうものなら、もううれしくってわくわくして、すぐさま「返歌の返歌」を送ったものです。

あるときはカラオケ短歌に挑戦したこともあります。これは誰かが一曲熱唱している間にそのヒットソングのテーマで一首詠む、という遊び。たとえば、ある友人がｎｏｋｋｏの名歌「人魚」を歌っているときには、こんな歌を詠みました。

ふみのなか抱いて抱いてという君の封筒抱いてねむる海底《うみぞこ》　やすひこ

出来不出来はともかく、五分で短歌を作るのは脳がへとへとになるし、マイクを握ったお友達もぼくが歌を聴いていないことがとても面白くないらしいので、これはすぐに中止にしました。

満里奈さんやそのお仲間と久しぶりに会って乾杯したその夜も、ぼくは短歌や俳句が面白いといったことをさかんにシェアして、三本目のボトルを空けかけた頃にはもうすっかりいい調子で、実は自分は〝詠む天才〟であるという大事な秘密を打ち明けたりしていたのです。

「じゃ、ね、テンサイにお題あげる」と満里奈さん。「えーと、寒いから、『体温』！」「おーし！」ということで、ぼくはくいーっと赤いのを呷《あお》って、その場でさっそく一句詠みました。

秋陽《あきび》沈めど君の膝にひだまり　やすひこ

わあ、ぱちぱちぱちぱち。みんなもたくさん酔っていたせいで、ぼくの句は傑作、ということになりました。というか、そういう風にとりました。上機嫌で帰宅し、ぼくはそのままの勢いで、友人・知人・親戚《しんせき》たちにこんなファックスを送りました。

「緊急指令。『体温』という題で短歌または俳句を詠むこと。〆切り明後日！」

翌日翌々日には、レスポンスのいい連中から次々と投稿が入ってきて、ぼくは驚きつつすっかり感動してしまいました。どの歌もどの句も、とってもチャーミングで面白かったのです。それを大慌てで編集し、『猫又』と称して三十部ほどコピーしました。巻末には、次回のお題は「クリスマス」である旨を併記しました。と同時に、今後定期的に『猫又』を送ってほしくばカンパもしくは切手を寄こすこと、とちゃっかり書き添えることも忘れませんでした。

これがファックス短歌の会『猫又』の初期形です。そんなことが今に至っても続いているわけです。

俳句・短歌の混在形はカッコ悪いので、三号目からは短歌にしぼりました。

主宰としては、毎号お題のイラストは必ず「美女」に頼むことを自らに課し、そんな調子で現在に至っています。

有名無名年齢性別既婚未婚国籍前科刺青《いれずみ》等一切不問。

さまざまな同人たちは、回を重ねるごとに目を見はるほどの上達ぶりを示し出し、キャラ立ちもしはじめて、今、主宰は毎回ファックスマシンからきゅーっと送られてくる応募作品、電子メールにぽとんと届いている短歌を詠むことが楽しくってうれしくって！

でも中には、わが国に「国語」というものが存在することを知らなかったかのようなシロモノもたくさんありました。

きいろとはいじけた色なりと　てんりゅうげんいちろう

ターザン山本

面白ければ何でもいいのでしょうか？　相手を倒すためならば、正に天龍のグーパンチのような反則をしてもいいのでしょうか？

ああいたい。ほんまにいたい。めちゃいたい。冬にぶつけた私の小指（↑足の）。

すず

この、《（↑足の）》は何でしょう？

年末に　大風邪ひいた　ハナの中にムチャべたべたな　できものできた

大塚ひかり

いったいこの人は歌会に真面目に参加していると言えるのでしょうか？

妻大学生できちゃった婚でと照れる坊やに焼肉おごる昔を泣き今を乾杯！

柴田ひろ子

これは短歌というより長恨歌《ちょうごんか》ではないでしょうか？

第一みなさん、短歌って三十一文字《みそひともじ》ですよね！

送ってきた応募短歌に添えられたメッセージに「遅くなりました。やっと一句できました」などとあります。

「一首」やん！

等々、生まれつき学級委員のような性格のぼくは、こういった、よく言えば自由奔放な、悪く言えば〝ごろつき〟のような応募作品に触れるたび、頬をぴくぴくとひくつかせておりました(実は後日、これらの歌に○や△がつけられて、もう一度けいれんする羽目になるのですが)。号を重ねるごとに、「この歌はこれでいいのか？」という疑問もむくむくと生じてきました。

五七五七七は絶対だよなあ。「点」「丸」「一字空け」はいかがなもんかね。「かぎかっこ」もなあ、反則ちゃうの、「マーク」も。季語？　え、季語はどうかなあ？

考えてみれば、主宰自身初歩的なことすら、何も知らなかったのです。

ルール無用の悪党に正義のパンチをぶちかませ！

タイガーマスクの歌をテーマにして、短歌的野蛮人の諸疑問に答える本を！　という、この本はそういうシンプルな欲望から生まれました。

知人に頼み込み二人の気鋭の歌人、穂村弘さんと東直子さんを紹介してもらい、この面倒な作業を強引に引き受けてもらいました。

・終バスにふたりは眠る紫の〈降りますランプ〉に取り囲まれて　穂村弘
・廃村を告げる活字に桃の皮ふれればにじみゆくばかり　来て　東直子

などというすごい歌を詠むお二人にです（あ、穂村さんの歌にはかっこがあるぞ。東さんの歌には一字空けが！）。

これまでの『猫又』を全部、おそるおそる、それこそ猫が耳を下げつつフウーッとやるように小さく威嚇しながら感想を聞く、という企画。

「全然ダメだね」とかと言われたら、すぐに回収、電光石火退散する、という企て。

けれど、お二人はとても寛容で、それどころか気に入った歌には◎や○や△までつけ、たくさんのコメントや、作歌法のお話までしてくださいました。

結局数十時間にも及んだ会の記録が本書です。

題材はすべて「うちの」シロート投稿作品ばかりです。が、それだからこそきっとぼくのように短歌や俳句の森に迷い込んでいる人、コトバの海を漂流している人には、理想的なコンパスになった、救命ボートになった、日本語をあやつる人なら誰でも楽しめるような本になった、という自負があります。

などと、今は胸をはって言えますが、一応責任者のぼくは最初、本当にびくびくだったということは、次の章の冒頭から明らかでしょう。

『猫又』主宰・沢田康彦

目次

＊本文中、◎○△（優良可）マークは、上が穂村選、下が東選です。
＊詠み人の年齢、職業等は、その短歌が詠まれた時点のものです。

クリスマス

イラスト＝吹石一恵
（女優）

クリスマス……一見とてもカンタンにほいほい詠めそうな、楽勝のお題だなあ、とそう思いましたね。

そう思ったら、シロートです。

ジングルベル、サンタクロース、トナカイ、もみの木、きよしこの夜、ホワイトクリスマス、パーティ、デコレーションケーキから、戦メリ、山下達郎まで、歌も色彩も温度も、ありとあらゆるイメージが定着してしまっているものを、切り崩すわけですから。

そう、短歌とは「切り崩す」もの。まんまの「メリークリスマス！」を詠《うた》ったようなものは当然お点はもらえません。

十九人三十三首、九人十四句の参加にもかかわらず、たとえば穂村さんの評価も△だけがやっと七つと、のっけからたいへん厳しいスタートとなりました。

「クリスマス」十一首＋一句

△◎理《ことわり》の手の平だけが暖かい迎車流るる雪も降らぬ聖夜　吉野朔実

○イヴのたびいっしょに買ったバカラのグラス　もうこれ以上ふえないんだね　小沢美由紀

○この季節やっぱり彼に会いたくて一緒に唱える〝泣くこと厳禁〟　大内恵美

△△クリスマス何が欲しいの？その度に「カレライシュほしー」太めの2才　井狩由貴

△逝くイヴの底澱みたる我のごとシャトー・コスデストゥルネル'75　沢田康彦

△誰が変わるその日歌がある何も凍らせない1／365の音楽　冷蔵庫

△ギフトなどあげずもらわず気に掛けず年迎えつつ齢重ねつつ　針谷圭角

△ジングルベル浮かれる人々かきわけて大和なでしこ正月を待つ　田中ぴう

△よこしまなおもい消え去れこの夜のきよらかな酒みちている間は　湯川昌美

△クリスマス特集編みて朱を入れる深夜《よる》のテノヒラ浪漫の現実　リス

△幼き日意味もわからずうきうきと兄と歌ったきよしこの夜　きよみ

○指先で溶ける六角天使降る夜　馬場せい子

＊

沢田　さて、始める前にひと言、『猫又』どうでしたか？

東　楽しく読みましたよ。

沢田　えっ？　楽しかった、ですか？　しょうもなー、って思わなかったですか？

東　そんなことないですよ。みんな楽しく書いてるから、楽しく読めました。

沢田　そうですか。そう言っていただけると、主宰としてはひと安心です。もしケナされたら、泣いて帰ろうと思っていました。でも、ダメなものはダメ、ってはっきりおっしゃってくださいね。情けはためになりません。
穂村　もちろんです。
沢田　では、始めましょう。号ごとにご感想をうかがっていきたいと思います。じっくりとことん叩《たた》いてください。
穂村　当然、東さんのも私の選も〝絶対〟というものではありませんので、その点はあらかじめご了解くださいね。
沢田　無印、つまり載っていなくても、それは絶対的な×ではないから、同人諸氏はスネないようにとのことですね。そんなことでメゲていてはいけない。
東　そうですね。いや〜、プロだって誰だって、点がとれないとさびしいものですよ。でも、がっかりすることはないですので。
沢田　こうやって全体を見ると、穂村さん選と東さん選がけっこうちがいますね。
東　私の場合、楽しんで作っている、切実感があるもの……といったことをポイントとして選びましたが。
穂村　選ぶ座標のブレさえなければ、あとは個人の選び方でいいと思います。
沢田　価値観の座標軸ですね。
穂村　はい。

沢田　『朝日新聞』の「歌壇」でも四人の選者がいて、全くちがう歌を選んでますもんね。

穂村　そういうものです。さて『猫又』ですが、まず全十三号を読んで思ったことですが、各号のお題によって、出来がすごく左右されますね。質も量も。この「クリスマス」というお題は、ある程度予想されたことなんですけど、やっぱり「クリスマス」ということで非常にイメージを固定化される危険性があるのかなと。そのことに逆らおうとして、「クリスマスなんて！」って感じで逆方向に固定化されるっていうパターンもあって、いずれにしても決してやりやすい題じゃなかったと思います。書き割り的な構図になりがちで、「クリスマスだからさびしい」みたいな歌が多かった。ぼくはそういった点で○印をつけられる歌がありませんでした。そんな中で、その書き割りを超えた何かが感じられる歌を中心に△をつけてみました。

△△クリスマス何が欲しいの？その度に「カレライシュほしー」太めの2才　井狩由貴

沢田　穂村さん、東さん、ともに△ですね。

穂村　実体験に近い歌かなって感じがする。子供の感覚によって、ごく自然にクリスマスの書き割り的な構図を破ることに成功していて、なかなか面白い歌です。クリスマスにカレーがほしいという大人はまずいない。

東　《カレライシュ》……この響き。なんかコワい感じがしない？（笑）

穂村　うん。表記がね。まんま書いたんだろうけど。

東　まんま書いたんだけど、すごいインパクトがあるの。《太めの2才》って書き方とか。おかあさんの突き放し方がね。B級コメディ的というか。

○この季節やっぱり彼に会いたくて一緒に唱える〝泣くこと厳禁〟　大内恵美

沢田　これは東さんが、○。

東　《やっぱり》が恋心ですね。おそらく会ってはいけない関係性で、もう忘れよう、思い出すまい、しかし《やっぱり》、という《やっぱり》なのだと思いました。一瞬でも会うと泣いちゃうんじゃないかな。本当はもう会っちゃいけないような仲なんだけど、心の底では切実に会いたい気持ちがある。そういう背景があるのかな、と。

穂村　あ、これは《彼》と《一緒に唱える》ということなの？

東　ん？　ちがうの？　女友達と、さびしいから《一緒に唱える》ということがあるのか。

沢田　《泣くこと厳禁》というのは、きっとケストナーの『飛ぶ教室』からの引用ですよね。

穂村　あ、そうですか。ぼくは読んだことない。

沢田　泣かせるクリスマス小説の極北です。主人公の男の子が寮生活してて、冬休み、みんなが親元に帰っていくのに、家が貧乏で仕送りがなくって、帰れなくなるんです。おかあさんから手紙が来て「泣かないって約束してね」って。それで、一人で、ぐっと耐えてるんです。「泣くこと厳禁」って言いながら。大内さんはきっと何かの都合でこのクリスマスに《彼》と会えなくって、『飛ぶ教室』の少年を連想したんだと思います。

東　なるほど。その下敷きが分からないと、ちょっとその孤独感はこの歌では構造的に分かりにくいかもしれませんね。

穂村　《一緒に》というのは、誰と《一緒》かはこれだけでは特定できないでしょう。

東　結局《彼》に会っちゃった、ってとこまで深読みしてしまいました。

沢田　ひょっとしたら小説の主人公の男の子と《一緒に唱える》のかもしれませんね。あ、たぶんそうでしょう。

東　《泣くこと厳禁》という魅力的なフレーズを短歌に持ち込んだことはすてきな試みだと思いました。

△◎理《ことわり》の手の平だけが暖かい迎車流るる雪も降らぬ聖夜　　吉野朔実

穂村　これはぼくが△、東さんが◎で選んでいらっしゃいますね。

沢田　わが『猫又』にも、格調高く、難解な歌が登場して、ちょっとうれしかったです。

東　孤独感がとても印象的でした。外界の冷たさや無機質な感じとうらはらに魂が脈打っているような《手の平》のさびしさ。《聖夜》のにぎやかさがなおさらそのさびしさを深いものにしていく感じに共感しました。《理《ことわり》の手の平》という詩の言葉がとてもいいです。
穂村　《理の手の平だけが暖かい》というのはこれだけでは完全な意味をぼくは読みとれなかったんですけれども、一人の切実さみたいなものがここにはあるような感じがしていいと思いました。ただし、下の句の《雪も降らぬ聖夜》の《も》っていうのが要注意の言葉で、ここで《も》と言ってしまうことによって、自分の認識とか主観みたいなものをかなり前面に出してしまうことになるんですね。本当なら降っているはずなのに《雪も降らぬ》ない《聖夜》だわ、と作者は言っているなあということが伝わってしまって、それは詩的には逆効果という感じがしますね。《も》とか、あともっと強い言葉でよくあるのは《さえ》とか《すら》とか、そういう言葉をわりと使いがちなんですけど、それはどれも要注意なんですね。
沢田　「雪の」とすればいいんでしょうか？「雪の降らぬ聖夜」。
穂村　うーん、助詞をはずしてしまう手もありますね。「雪降らぬ聖夜」。
東　でも、《も》とすることで、《手の平だけが暖かい》という、この孤独感が体から溢《あふ》れてしまう感じ、さびしさがこぼれてしまった感じや《流れて》しまう感じを表現したくってこういうふうに強調して書かずにはおれなかったんじゃないかな、と。
穂村　ええ、そうでしょうね。だからまああくまでも一般的に、ということなんですけど。主観語には要注意ということ。「さえ」とか「すら」って作者の方に言われちゃうと、読者は「はあ」って感じになる。
沢田　ひく。
東　「雪降らぬ聖夜」にしちゃうと、ひっかかりがなくて甘く流れちゃわないかなあ。弱くなっちゃうんじゃないかなあ、って気もして。
穂村　そうですね。確かに読み流される可能性が出てしまうな。ただ、これ、上の句に《だけ》があるんですよね、「すら」「さえ」に類する。《だけが暖か》くて、《も》がさらに出る。ちょっと主観が強いんじゃないかな、と。でもこの《だけ》はちょっとはずせないよね。
東　そうか、そうですね。上の句にすでに強さがあるわけですからね。
沢田　詠んでる景色はとても美しいです。意味が読みとれなくても、絵がはっきりと見えます。
東　ええ、情景がすごくいいんですよね。《聖夜》に流れる車の光の感じと、《雪》が降りそうで降らない、冷たくて湿度の高い空気感とか。

△　誰が変わるその日歌がある何も凍らせない1／365の音楽　冷蔵庫

穂村　この歌も、これだけでは完全には意味が把握できない歌なんだけれど、クリスマスという特別の一日を《1／365》とデジタルに捉《とら》えたところが面白かった。《誰が変わるその日歌がある何も凍らせない》と言いつのるような、自分に言いきかせるような語調が妙にリアルです。

沢田　難解な歌ですね。

東　私にはうまく摑《つか》みとれなかったんですよ。「365分の1」でクリスマスを捉えるという発想は面白かったんだけど、描きたい部分が少し漠然としていてとれませんでした。《誰が変わる》……うーん、なんか標語的っていうのかな、あんまり切実感がない気がして……でもこれ自分のことととっていいんですよね、《誰が》って言ってますが。主体の位置がとりにくくて難解な印象を受けますが、すごく面白いものを秘めている歌だと思います。

穂村　どうもカタクナな感じがしますね。カタクナな人なんじゃないかな、って気がする。

沢田　厳しそうな人の歌ですね。「冷蔵庫」さん（笑）。

東　自然発生的な感じで否定形が入っていますね。

○イヴのたびいっしょに買ったバカラのグラス　もうこれ以上ふえないんだね　　小沢美由紀

沢田　こちらは、東さんが○。

東　私は選歌をするときに、クリスマスにおける自分の思いを素直に詠んだ感じ、切実感、たとえさびしいクリスマスでもその気持ちをまっすぐ歌ったものが好きで、気持ちが伝わってくるような比較的ストレートな印象の歌をとりました。この歌は《イヴのたび》と言っていることから、二人の関係が何年にもわたることが分かるのですが、その長い恋愛の終わりを、下の句で語りかけるように伝えていて、とても切ない歌だと思いました。《もうこれ以上ふえないいんだね》。そう言ってもう別れちゃったってこと言ってるんだろうけど、ものすごくさびしいじゃないですか。グラスを見て思い出すという想いと、《バカラ》という特別な道具も響き合っていて、切実感がこちらに伝わってきたのでとらせていただきました。

△幼き日意味もわからずうきうきと兄と歌ったきよしこの夜　　きよみ

というのは、お兄さんと《歌った》というので、今は一緒に暮らせないんだろう、もうこんなクリスマスはないんだっていう気持ちが伝わってきて、二度と来ない時間へのレクイエムとして、そういう心情に打たれるという点で、とらせていただきました。

穂村　ただ「イヴのたび」の歌は、歌謡曲の歌詞の範囲内かなあという感じがするから、本当に短歌固有の力を求めるレベルで言えば、やっぱりぼくはとれないなあ。それから「幼き日」の方は、これも《も》が出てくるんですよね。《意味もわからず》。この《も》だけがどうっていうんじゃないけれども、《意味もわからず》っていう二句目自体が必要なのかなあと思います。

東　そうですね。《幼き日》に《うきうきと》《歌った》だけでも意味が分からなかったことは伝わりますね。

穂村　あるいは、かなり歌が変わってきちゃうけど、『きよしこの夜』、文語ですよね、あの歌。そのどこが分からないのかということを具体的に書く手もあるかな。ほら「うさぎおいしかのやま」の《おいし》を「おいしい」と思ったとかっていうことがあるでしょ。『蛍の光』でも、《ふみよむつきひ》って何？　とか。

沢田　『仰げば尊し』の《やよはげめよ》とか、『巨人の星』の《おもいこんだら》とか。

穂村　そうそう。そういうところを具体的に提示して、たとえそれが嘘でも、そこのところをこういうふうに歌ってしまった幼い日、というようなクローズアップのやり方もあるんじゃないかな。《意味もわからず》と言われると、もちろん言ってることは納得はできるんだけれども、イメージ的な広がりという点で物足りなさが残りますね。読者は、あの歌のどこかな？　って知りたくなる。《すくいのみこはみははのむねに》、この辺の《みこ》とか《みはは》の意味のことかな。具体的にどこかを提示するやり方もあるかな、って。

東　たとえば三好達治の「いにしへの日は」という詩の一節に、

「はははそのははもそのこも
　はるののにあそぶあそびを
　　ふたたびはせず」

というのがあって、詩の一節でありながら短歌の形にぴったりはまるので挙げるんですが、これ、書かんとしていることは、もうこんな無邪気な親子の遊びはしなくなったな、ということで、先ほどの「きよしこの夜」の歌の心情に似ていると思うんですね。数ある遊びの中でも「春の野遊び」という具体的な遊びを選び取ってくることで、その特有のはかないイメージが広がってきて非常に効いていると思うんですよ。その上でほかによけいなこと、つまり先ほど穂村さんがおっしゃったような感想や解釈のようなものですね、それを言ってないので、とてもシンプルで純粋な感動が生きている気がします。

沢田　短歌は具体的に、と。

東　ディテールも大切に、というか。

○指先で溶ける六角天使降る夜　　　馬場せい子

沢田　この頃は俳句も募集してたんです。

東　《指先》の《六角天使》って感覚は新鮮でとてもいいですね。聖夜を感情ではなく、物質感で捉えた方法がよかった。物質感で捉えていながら、身体感覚と幸福感が背景にあり、美しい世界が描けています。

穂村　《六角天使》というのはたぶんこれは雪のことを言ってるんじゃないか、って思うんだけど、動詞をふたつ入れるのはちょっと厳しいかな。ごく単純にするんだったら、たとえば「指先で六角天使溶ける夜」あるいは「指先で溶ける六角天使かな」でいいですよね。あとで実例があったときにもお話ししたいんですけど、短歌の場合だと、だいたい動詞は多くても三つまで——本当にこれも一般論にすぎませんが——と言われていますが、この場合は《溶ける》に《降る》とリズムを崩してまでふたつ入れているのは多すぎるかも、って思いますね。

東　あと、俳句だと、「切れ」が大事なので、句の中でいちばん目立つものをくっきりと立たせるっていうところで形がすっきり見えてくると思うんです。最初に持ってきたり、最後に持ってきたり。「切れ」ということにつながるのですが、この句では構図が散文的に流れているのでせっかくの《六角天使》という発見があいまいになっているかもしれませんね。そのことを具体的な例で言うと、

・乳母車夏の怒濤によこむきに　　橋本多佳子

という有名な句を、「夏の怒濤に乳母車よこむきにおく」なんてふうに持っていくと迫

力がずいぶんなくなりますよね。
沢田　馬場さんの句は、ずばり字余りです。
東　そうですね、俳句の場合、〝中七下五《なかしちしもご》〟、ここのところは特にきっちり守った方がいいと言われますね。短歌の場合も、初句七音はわりとよくあるのですが。
沢田　つまり〝五七五七七〟のところを〝七七五七七〟とする。
東　序奏はゆるやかでもＯＫですが、後半のポイントの部分はきっちり詠んだ方がよいと思います。
穂村　例を挙げると、

・おおはるかなる沖には雪のふるものを胡椒こぼれしあかときの皿　　塚本邦雄

っていう歌があります。目の前の皿にこぼれた胡椒からはるかな沖に降る雪への連想を対比的に詠ったものですが、これなんか初めの《おお》っていう詠嘆をとってしまえばぴったり五七五七七にはまるものを、わざわざ七七五七七にしている。やっぱりこの歌は「おお」があった方がスケール感が出ていいんですよね。初句七音というのは塚本さんが定着させた技法です。
沢田　『猫又』の場合、投稿者がすごく自由に字余りしてくるでしょ。ねらってか、何も考えずにか、その辺がどうかは分からないというか、まあ後者なんでしょうが（笑）。そういうことに関しては、ずばり、許されるものなのでしょうか？

東　もし替えられるんだったら、できるだけ定型におさめる形に持っていった方がいいでしょうね。定型の力は本当にあなどれません。どうしても勢いで詠みたいというときは、勢いのある語調を生かして破調にするっていう方法はありますけど。可能なら、当然定型にすべきだし、案外ちょっとした工夫で替えられるものですよね。助詞を見直してみたり。

沢田　その努力を惜しんではいけませんよね。たとえば、

年の瀬に　浮かれ気分でフレンチ食し　チープな愛を囁くような気儘な頃には戻れない　ゆづこ

なんていうのは、『猫又』なめてるんかい！　って、主宰としては思いますね（笑）。

東　ずいぶん多いですね。

沢田　みなさんは字余りは気にされますか？

東　気にしすぎてもどうかと思うんですが、あまり破調にしてると……口語というか、しゃべり言葉の場合、意味内容に対して文字数が多いですから、べたっとして俗っぽい感じになりがちだと思うんですよ。ぎゅっとまとまっていた方が読みやすいというのもあるし、そうするとまとめることによって、ムダな部分が自然に排除されますよね。と、すっきりと言いたいことが伝わることになるんじゃないかな。

穂村　まあケースバイケースを言い出すときりがなくなっちゃうんで、それに対しては「守りましょう」と答えた方がいいかな。

沢田　修学旅行の注意事項みたいなものですね。

穂村　そうです。

沢田　誰かが「こらっ」っていうと、身をすくめる。でも、校則破っても魅力的な奴はいるもので。

穂村　決まりを破っていても、いい歌なんていくらでもあるから、そういうことをいちいち言い出してもね。ただ、要するにジャンルの固有の力を追求しないと、もっと長く詳しく記述するなら詩や小説に負けるし、メロディをつけた方がいいような書き方をしたら歌の歌詞に負けるしって形で、負け方が何パターンもあるわけです。それを最小限に抑えるためには結局のところ、そのジャンルの固有のものは何かということを突きつめる方向にしか活路はないと思う。そして短歌の固有性というのは五七五七七っていうことになりますから、「守りましょう」と言うことしかないんじゃないかな。

沢田　あと、一字空けとかが目立つんですけどね、そこに関してはどうなんですか？　句点とか読点とかをつけてくる人もいるんですが。

穂村　実際『猫又』の歌を見ていますと、効いているものもあるんですよね。センスのいい人がいて、たとえばあとでお話しする「ワイン」の回で、

○届かない　いくつも信号　いくつもの　グラスとワインとグラスのむこうに
ねむねむ

こんなやり方の場合、一字空けが効いてるな、って感じがするんですけど、ただそれも言い出すときりがないので。

沢田　原則はやらないものですか？

東　そうですね。

沢田　とはいえ、東さんの歌も空き、ありますよね。たとえば先日雑誌で『あ、春』って映画を見て詠まれた、

・また眠れなくてあなたを噛みました　かたいやさしいあおい夜です　東直子

・いいのいいのあなたはここにいていいの　ひよこ生まれるひだまりだもの　同

なんかは、空いてますね。

東　あ、すみません、空いてますね（笑）。私、ひらがなの使用が多いので、ひらがなが重なっちゃうと読みにくいかなって思ったときにそうするのと、これは上の句も下の句もしゃべっている言葉なんだけど、片方は心の中でしゃべっている言葉のようで、言ってる場所がちがうということで、空けてみました。できるだけ安易に使わないようにはしてる

んですけど。

沢田　でもうまく生かすと、爆発的な力を発するということですね。

東　そうなんです。たとえば、有名な作品ですが、

・晩冬の東海道は薄明りして海に添ひをらむ　かへらな　紀野恵

この歌の一字空けはとても印象的ですごく必然性を感じますね。美しくはかない情景から一気にふるさとへ帰ろうという作者の強い願いへとすとんと転換している。その転換部分の亀裂の深さが、一字空けの効果を左右しているのではないかと思います。

沢田　東さんの代表歌、

・廃村を告げる活字に桃の皮ふれればにじみゆくばかり　来て　東直子

や、

・ぼくはもっと近くにいたいもっともっと近くにいたい　おっとりと雪　同

は、本当に一字空けが生きている好例ですね。どちらもすごい歌。ところで、かぎかっこの使用の方は？

東　かぎかっこは必然的な感じがするかな。

沢田　穂村さんはわりと多いですね。

東　昔のは特にね。たとえば、

・「酔ってるの？あたしが誰かわかってる？」「ブーフーウーのウーじゃないかな」　穂村弘

という歌はかぎかっこでくくられた会話が対話としてくっきりと立ってくるので、効いていると思います。

穂村　個人的意見だけど、ぼくはやっぱり、順番からいうと、①音数を守りましょう、と。それから②字空けやかぎかっこはつけたければつけてもいい。③点・丸も、楽しそうな感じっていうのが、実際に見ちゃうとあるんで、それもまあいいかな、と。

沢田　記号を使うこともありますよね。「♡」とか「♪」とかはズルい気がする。

東　あ、でも記号といえば、こういうのがありますよ。

・ロミオ洋品店春服の青年像下半身無し＊＊＊さらば青春　塚本邦雄

この歌の記号の使い方は忘れがたいです。花が散っているような、血痕《けっこん》のような、読者の視覚的イメージをねらってあると思います。

沢田　あと、ルビなんかいかがでしょう？

穂村　あっ、ルビはだめです。やめた方がいいです。沢田さんもやってたからあとで言おうと思ったんだけど、本来の読みにないルビはやめた方がいいです。

沢田　ちょっと挙げてみましょうか……えーと、

△クリスマス特集編みて朱を入れる深夜《よる》のテノヒラ浪漫の現実　　リス
　20日には単身海外《ひとりハワイ》に飛ぶアイツ、忘れたふりのクリスマスイブ　　井狩由貴

「電話」の回で、

△一瞬でわかるよ誰のコールかと　胸の携帯《ヴイブラート》心音のごと　　沢田康彦
　しんしんと冷えゆく夜ふけただ一人衛星《ほし》さえ届けぬ想いを抱く　　田中ぴう

穂村　そうそう、その種のやつは全部やめた方がいいと思う。やりたい気持ちは非常に分かるし、ぼくもやりたくなるんですけど、でもやめた方がいい。

沢田　穂村さんの有名な歌にもありますよぉ！

・「おじさん人形《カーネル・サンダース》相手にどもっているようじゃパパにはとても会わせられない」　　穂村弘
・郵便配達夫《メイルマン》の髪整えるくし使いドアのレンズにふくらむ四月　　同

穂村　そ、そうですね。でもこれらは「攻め」のルビということで。「逃げ」のルビはや

めましょう。

東　あ、「攻め」のルビって、面白い言い方ですね。攻め、といえば、岡井隆《たかし》という歌人はいろいろと実験的な歌を作る人なんだけど、

・扉《ドア》の向うにぎつしりと明日　扉のこちらにぎつしりと今日、Good night, my door!《ドアよ・おやすみ！》

岡井隆

という歌があるの。一字空け、ルビ、点、英語、何でもアリの、「攻め」の歌かも。

沢田　攻めてますねえ。責めちゃいけない、「攻め」のルビ！

穂村　次の章、行きましょうか。

電話

イラスト＝山上たつひこ（作家）

二十八人五十一首、九人十句が集まって、百花繚乱《りょうらん》の電話模様が描かれました。鳴ったり鳴らなかったり、待ったり、にらんだり、壊したり……、お題がお題なだけに、愛だ恋だとまるで春の猫のようににぎやかでした。

みんな、うれしかったり苦しかったりノロけたかったりしてるんだな、と作品を通して実感。と同時に、どうしても私生活が出てしまう、短歌という表現形態に改めて「危険」を察知させられるのでした。

『がきデカ』の巨匠・山上たつひこさんから突然猫又の絵が届き、これを結社のトレードマークとして使わせていただくことにしました。

「電話」十六首十一句

△◎「今いい？」と問う瞬間に見るものはあなたのうしろまっ黒な闇　大内恵美
○○この雪は一緒に見てるっていうのかな　電話の向こうで君がつぶやく　鷲まなみ
△○欲しいのは声より気配につながってる体温みたいなやわらかなきかい　湯川昌美
△○海超えた会話に時間の微妙な差　心のずれにしたくないけど　百楽女
○きみからの電話に声色かわるとき　ああ、すきなんだと思う我あり　リス
○顔忘れ匂いもわすれ三週間　電話の線の細しと思う　ねむねむ
△　携帯は薔薇、桜、縹《はなだ》、鶯、萌黄色、街咲き乱れし春の祭典　春野かわうそ

△一瞬でわかるよ誰のコールかと　胸の携帯《ヴイブラート》心音のごと　沢田康彦

△受話器置き窓開け放つ午前二時　オリオン星座瞬きを増す　大内恵美

△雪が降ったねそれだけで電話したあの頃は今いずこ　白木芳弘

△本来ならつながっているねＩＤＯなのに着信ないのはむしろ非情　京

△オリオンの３つ星のもときいた声冬空よりも冷たく響く　田中ぴう

△コールさえならぬ電話の向こう側「ＯＦＦ」の電話の向こうであなたは　同

△今はもう一緒に暮らす人なのにいまだかけたい夜中の電話　藤田千恵子

△舌よりも奥まで入る声なんてないよ今すぐ君に会いたい　伴水

△「じゃあまたね」話とぎれて口にしてでも自分から置けない受話器　百楽女

○鏡餅携帯ＯＦＦで寝正月　睦衆

＊

穂村　「電話」は、いい歌を引き出しやすい題のひとつだったと思います。会っているのと会っていないのとの中間、というのか。その微妙さが微妙な歌を呼ぶ、というところがあって、たとえばこの歌は非常にいいと思って、○をつけました。

○○この雪は一緒に見てるっていうのかな　電話の向こうで君がつぶやく　鶯まなみ

これはたぶん電話で話している二人が住んでいるところ、その両方に雪が降っている、それを電話をしながら見ているということを「《一緒に見てる》と言っていいのかな？」っていう微妙な言葉だと思うけれど、そう言ってる《君》の声がまるで聞こえてくるような感じで、うまいですね。この一字空けも、《君》の言葉をたとえばかっこに入れるよりもこの処理の方が自然でいいでしょうね。

沢田　この号から同人同士で「選」も始めまして、この歌にはこんな評がありました。「クローズアップからサーッとカメラが窓の外に出て空に上がって（引いて）いくような映像的な歌ですね。サラッとそれを詠んでいるのがうまい」（伴田良輔）。

穂村　次の、東さんが◎で、ぼくが△でとっている歌。

△◎「今いい？」と問う瞬間に見るものはあなたのうしろまっ黒な闇　大内恵美

これもリアルな感じがしますね。電話がやっぱりこのリアルさを引き出しているところがあって、電話で《「今いい？」》っていうのは、邪魔じゃない？　しゃべってもいい？という最初のあれだと思うんですけど、そのときに見えるのが《まっ黒な闇》だと。主観を強く前に出す作り方とちがって、《あなたのうしろ》の《まっ黒な闇》というのは、その正体は明示されていないんだけど、何か非常な孤独感のようなものが伝わってくる、それがいいと思いました。

東　あなたの立っている場所が私には摑《つか》めないし、あなたの今の心っていうのが、今の私には摑みがたいっていう。

穂村　たぶんそんなふうにダブルミーニング的にかかっているんだと思う。「電話で話していていいのか?」ってことと「私と話していいのか?」が重なる感じ。

東　この二人の謎めいた関係性、背景が気になりました。《「今いい?」》のあとに少し沈黙があったのかしら。たちまち電話の向こうの《あなた》が闇につつまれる、その切実な不安に共感しました。具体的なものは何も言っていないけど、すっきりとしたサスペンス仕立ての歌で完成度が高い。迷わず◎でとりました。

穂村　それから、同じ大内さんの作品で、

△　受話器置き窓開け放つ午前二時　オリオン星座瞬きを増す　　同

これは、前章の〝定型を守れ〟ということとちょっと関わるんですが、下の句の《オリオン星座瞬きを増す》というのはですね、普通《オリオン星座》という言い方はしないと思うんですよね。

沢田　オリオン座、ですね。

穂村　そう。たぶんこれはここで定型の音数を守ろうという意識が働いて《オリオン星座》というふうにしたんだと思うんですが、それが効果を上げていますね。《オリオン星座瞬きを増す》という言い方が孤独な輝きを伝えるような力を持っています。

沢田　音数合わせの効用というのは確かにあるということですね。

穂村　たとえば、「幻視の女王」と呼ばれた葛原《くずはら》妙子に、

・一点に凝らむと据ゑしわが眸《まみ》に緑《りよく》氾濫のすでに濃き野よ　　葛原妙子

というのがあるんですが、「一面の緑」を表現するときにですね、《緑氾濫《はんらん》》という言い方をして、これは定型を意識した特殊な言い方だと思うんですが、何かすごく生命力を感じますよね。川の水が氾濫するような。あと自分の例になりますけれども、ぼおっとしている女の人の手を引いて、みたいな状況を言おうとしたときに、どうしても音数が合わなかったということがあって、そのときに《放心者》という言葉を見つけたんですが、普段言わないですよね、「放心者」とは。

・夜の樹々の叫びのさなか放心者グリンゴッデスの手をひきゆけり　　穂村弘

という歌なんですが。これがいい歌かどうかは別として、そういう発見もあるということですね。音数を守るために苦労をするということが、何か詩的な扉を開く効果を生むと

いうケースもあると。

沢田　なるほど。

東　私はここでもまっすぐ詠んでいる歌が好きでしたね。

○きみからの電話に声色かわるとき　ああ、すきなんだと思う我あり　リス

みずみずしいですね。すごく素直に気持ちをのせていて、読む側も素直にいいなあ、うらやましいなあと思ったの。うらやましいなあ、を素直に感じとれる歌は貴重だと思うんです。男の人はこんなふうに《声色》が《かわる》なんてことはあまりないかもしれないけれど、女の子は恋をしてたらこれよね、って感じがして、可愛い。

沢田　すみません。「リス」さんは男性なのですが。

東　えっ⁉　女の子じゃないの？　がーん。リスのような可愛い女の子を想像して、可愛いじゃない、○！　ってつけたのになあ。まあ、でも男の人でもいいかあ。ってことにしよう（笑）。心情の可愛さは変わらないもんね。

沢田　「声色かえてくれる人募集中」（井狩由貴）という評がおかしかった。

○顔忘れ匂いもわすれ三週間　電話の線の細しと思う　ねむねむ

東　これは電話の《線》に注目した点がすごい。電話という小道具をもっとも個性的に修

辞化した一首だと思いますね。電話では連絡をとっているものの、会わなければ忘れていく、つまり印象がうすれていく。嫌いになったわけでもないのに。声だけのつながりのさびしさや不安が《細し》に凝縮されています。

沢田　たとえテレビ電話になっても、《匂い》は伝わらないもんね。ねむねむさん、これもいいですよ。無印ですが。

メモ用紙書いた落書き星型をなぞりつ君との会話を巡る　ねむねむ

だらだらした正に天文学的な長さの非建設的な会話……恋愛中の長電話の情景が活写されてます。何か書きますもんね。意味のない絵を。

東　その《落書き》が《星型》ってところに会話の喜びのようなものが出てますね。《会話を巡る》のあたりにも時間そのものへのいとおしさがにじみ出てます。「電話」は全体的に可愛い歌が多かったなあ。

△今はもう一緒に暮らす人なのにいまだかけたい夜中の電話　藤田千恵子

とかね。共感を呼ぶ歌が多かったです。

沢田　同人評で、「この歌にはたいていの妻たちがうんうんとうなずくことでしょう」（リンつま）とあります。

東　《一緒に暮ら》しはじめると、とたんに会話が減るんでしょうね（しみじみ）。過去を引き出す構成がいいですね。

穂村　あと、

△　携帯は薔薇、桜、縹《はなだ》、鶯、萌黄色、街咲き乱れし春の祭典　　春野かわうそ

っていうのも、「電話」のテーマではたいていみんな相手との関係性に向かいがちなんだけれども、この歌の捉《とら》え方は非凡で、春という季節をよく表しているのではないかと。携帯電話にはいろんな色があるってことですよね。

東　そういえば微妙な色がいろいろありますよね。

穂村　そのひとつひとつが見えない、いろんなところとつながっているという感覚があると思うんで、それが《咲き乱れ》るという表現と合っているし。ただ《祭典》までいうとどうかな、って感じがちょっとするんだけれど。《咲き乱れし》と《祭典》がやや重なるかな。

△　一瞬でわかるよ誰のコールかと　胸の携帯《ヴィブラート》心音のごと　　沢田康彦

穂村　実は○をつけたかったんだけど、これ△になったのは、前章でお話ししたように《携帯》に《ヴィブラート》というルビをふるというのが、もっとやりようがなかったの

かな、ということですね。あと《胸の》《心音》も重複かな、と。
沢田　言いたいことが多い結果のルビ頼りです。
穂村　分かるんですけどね。それから、一般的には《携帯》といえば今や電話のことですが、そのひと言で携帯電話を表すのにも、ぼくには抵抗がありますね。
東　心情はすごく伝わる歌ですが。
穂村　そうですね。この、

△○欲しいのは声より気配につながってる体温みたいなやわらかなきかい　湯川昌美

というのも面白い。
東　分かるな、って思いますね。恋愛において電話をするのは言葉がほしいというよりその存在を確かめたいからだと思う。それがてらいなく描かれていて、愛情の深い言葉選びが好きでした。下の句の表現が面白いですね。
沢田　こんな評がありました。「電話の不思議。見かけはアイロンとかラジカセとか湯わかしポットと同じようなもんですが、うー、絶対血が流れてる、と感じるときがあります。生き物より生きてます。それに、この歌、可愛いじゃないですか。つきあうならこういうことを考えてる女の子がいいですね」（ねむねむ）。ねむねむさんは女性なのですが。この歌はお二人が△と○でとってらっしゃいますね。評価が重なるときもあるんだ。

穂村　やっぱり間口が広い歌だとわりと重なるみたいですね。「めちゃめちゃいい」って歌はなかなか重ならなくって。

東　これはちょっといいな、って思える言い回しがあったりすると、重なりますね。

留守電に明日の持ち物吹き込んで部屋に帰ってむなしい点滅　　外川哲也

沢田　無印ですけど、これ、おかしい。一瞬意味が分かりませんが……もう一回読むと「あそういうことか」と。部屋で一人聞く自分の声は確かに《むなし》そう。

穂村　《点滅》に目をつけたのがいいですね。

東　顔がさびしく照らされている絵が見えますね。

△○海超えた会話に時間の微妙な差　心のずれにしたくないけど　　百楽女

恋愛のもどかしさが込められている歌ですね。《会話》の様子が目に浮かんできました。《海を超えた会話》に持っていった視点がいい。

穂村　《心のずれにしたくないけど》って言われると、反論の余地のない歌ですね（笑）。確かに国際電話での会話は違和感があるもんなあ。でも、《超えた》はこれじゃなく普通に《越えた》の方がよくないかな。

東　《超えた》だとネライが見えすぎるのかな。ちょっと思い出したんですけど、今井美樹の歌にこういうのあった気がします。何だっけ、「私のことを好き？　とか聞いて、ちょっと答えが遅かったのは時差のせいだよね」とかって歌。

穂村　一見簡単に書いてるように見えるけど、《心のずれにしたくないけど》は言いにくいところをうまく表現してますね。

東　ちょっと別れの予感がするところが悲しくっていいね。このペンネームは「ハクラクメ」さんって読むのですか？

沢田　バカラめ、だそうです。お勤め先がそれとなく分かります（笑）。

○　鏡餅携帯OFFで寝正月　　睦衆

穂村　《携帯OFF》にすることで、単に電話だけでなく、自分自身の電源まで切れるみたいで面白いですね。

沢田　その結果が《寝正月》なんですね。

穂村　《寝正月》という特殊な状態の「私」が、《鏡餅》という特別な餅と微妙に響き合っているようです。《鏡餅》もつるつるでとりつくしまがない感じだし（笑）。

沢田　ところで、『猫又』はこの回で俳句募集はやめにしました。「節操ない」という批判が来ないかとコワくなって、短歌に統一したのですが。実際に短歌の方がみんな作りやすかったのか、応募数も圧倒的な多さだったもので。

東　私、俳句もよく仲間と作るんですが。節操ないですかね（笑）。

沢田　あ、えーと、ないです（笑）。かどうかは分かりませんが、どっちもやる人って珍しい気はするなー。俳句向き、短歌向きの人は確かにいるって気がするけど、そのへんはどうでしょう？

穂村　一般的には女性は短歌向きと言われますね。言葉の流れを重視した感情表現という点が合うのでしょうか。あと、短歌はキャラクターで書けるというか、その瞬間の心の状態が極端ならそれだけで作れてしまう面がある。だから早熟の天才ってのが現れやすい。ほかにも恋愛中の人とか愛する人をなくした人とか人殺しの人とか、心が沸騰している人が短歌に行く傾向がありますね。

東　病気とかで死に直面した人も多いですね。

穂村　病気の場合は、近代以降は「療養短歌」というジャンルが立てられるくらいに優れた作品が生まれていますね。

沢田　要するにぎりぎりの人、かな。

穂村　そうですね。恋愛、青春、療養……どんな形であれ、非常事態にあるときの歌はいい。逆にいえば、どんなに技術がうまくなっても「心が溢《あふ》れる」というテンションを持ってない場合には、アマチュアの心が溢れた歌に及ばないということが珍しくない。極端な話、どんな人でも一生のうち、何首かは優れた作品を残す可能性がある、それだけで歴史に残るような。それに対して、俳句はどんなに感覚がよくても、感情が高まっていても、それを生かすだけの技術や知識がないと本当にいいものは作れないみたいです。季語とか切れ字といった要素もあるし、大人向きっていうのかなあ……。

沢田　個人的な状況は俳句にはしにくいみたいですね。

穂村　実際に作品を見ていくと分かるけど、「電話」とか、あとで出てくる「眼鏡」とかお題がモノであっても、必ず人は短歌でそれを歌えと言われると、「自分」というものに結びつけていますよね。純粋にモノとしての電話を詠うことはまずない。

東　俳句にない短歌のよさをもし言うとしたら、病気したり愛する人をなくしたりしたときに短歌に向かうことが多いというところから、短歌に癒《いや》しのような作用があるからなんじゃないかと思っています。溢れてきて整理のつかない気持ちを五七五七七に整理していくことで癒されていくということが、短歌ではあると思うんですよ。俳句っていうのは、季語を柱に言葉をそぎ落として作っていきますから、感情表現をさし込む余地はあまりないような気がします。

沢田　東さんみたいに両方やる人は珍しいのかな?

穂村　いや、正岡子規がそもそもそうですし、寺山修司とか詩人の高橋睦郎《むつお》さんもいますね。

東　私、イメージの凝縮の訓練もしたくて、俳句もけっこう長くやってるんですけど、われながらいやあヘタだなあ……と。

・とうすみやあなたの庭の水をくむ　東直子

という句を詠んだことがあるんですけど、俳句としては叙情的すぎるところがある。あ、《とうすみ》というのは「糸とんぼ」のことです。

穂村　これ、やっぱり感情が軸になっていますね。《あなた》に対する思いが軸になっている。きっと、短歌と俳句は使う筋肉がちがうんでしょうねえ。砲丸投げとハンマー投げと円盤投げで、しろうとから見るとみんな力持ちで遠くにものを飛ばす人なんだけど、世界記録とか世界何位ってレベルになると、重ならないじゃないですか。……そうはいっても、東さん、名句も多いんですけどね。

・布裁てば空にあふるる紅葉かな　同
・手つかずのコーヒーありて青嵐　同
・浅草といふ終点や秋麗　同

とか。

東　俳句を作っている人と話をすると、気持ちのいいポイントがちがうんだな、って思うこと、よくありますねえ。

穂村　歌人百人集めたときの空気感と、俳人百人、詩人百人、小説家百人集めたときとそれぞれにちがうはずなんです。

沢田　雑誌編集者百人とか。やだなあ。

東　作家の小林恭二さんが、歌人の感想を聞かれたときに、言葉を選び選び「非常に、野趣あふれる人々」とおっしゃってたのが印象的でした（笑）。

沢田　「百人」必要ないかも。十人で充分かもしれませんね。

東　『短歌パラダイス』の歌合せをやった熱海《あたみ》からの帰りにも、歌人のみんなが旅館から電車に乗るまでにもうひと波瀾《はらん》もふた波瀾もあって、誰かがものを忘れるわ、切符をなくすわ、迷う人はいるわ、反対方向に歩く人もいるわ……とめちゃくちゃでした（笑）。

穂村　歌人が十人揃って行動するのは、一般人が二百人揃って行動するのとほぼ同じだけのたいへんさがあります。

傷

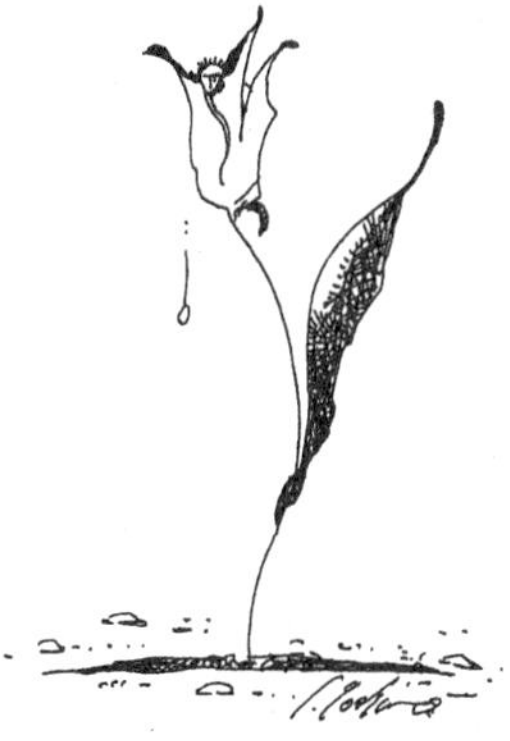

イラスト＝吉野朔実
（漫画家）

生き続ける、ということは、傷を増やしつづけるということです。

実際の傷、心の傷……それぞれの同人の傷害状況が色濃く伝わってくるお題でした。読むだに痛そうなものも多々。痛みは、みなさん、生きている証拠です。

この号から「私はこれを推す！」と称して、作品応募と同時に前号での「お気に入りの歌」評も義務づけました。「詠む」能力だけではなく、「読む」能力も必要だし、何よりお互いホメ合おうではないか、ということで。

四十一人八十三首の応募数とボリュームアップの『猫又』から、二十一首に◎○△がつきました。

「傷」二十一首

○◎車海老　春のてんぷら　氷水　バンドエイドに祝福を　吉野朔実

△◎夕焼けの回旋塔にすりむいて「かさぶたできる？」と母に問ふた昔《ひ》　欣末子《きみこ》

◎隠すほどその点線は実線に　やわらかいとこ血は流れねど　ねむねむ

○△どっかにあるはずなんて宝ものみたいに傷さがすなよ少女買う中年　伴水

△○沈丁花におえどいまだ流血中　かさぶたとなれ春逝く前に　沢田康彦

○「逢えない」は心ごと切るかまいたち　痛いはずの傷真空になる　篠原尚広

○ああいたい。ほんまにいたい。めちゃいたい。冬にぶつけた私の小指（↑足の）。

すず

○大川の鉄の架橋の錆色はわが身ひとつの傷のいろかも　太田和彦

○待ちきれずそろっとはがしたかさぶたの端っこそっと口に入れたよ　欣末子

○傷口をほおっておいたらひろがった　自分でかけるアイロンのおと　カリオカ

○夕食の支度するたび傷増える今日のメニューはあなたの好物　鶴見智佳子

○主なき部屋の窓辺に明かりさす小さな傷だけ取り残されて……　同

△△どうしよう、かくしたいけど、どうするの　こわしたかがみ　きずがキラキラ

七重

△△肌色のバンソウコウが恥ずかしく「透明のヤツ!!」とねだった私　伊藤敦子

△　キズ指して「イタイ?」がウケると知った児《こ》は机、靴下、逐一気遣う　井狩由貴

△　幾春も過ぎた話を蒸し返し　かさぶたはがす女友達　リンつま

△　何度でもオキシドールを塗りながら泡が消えるとなぜか寂しき　松本典子

△この傷の思い出は雨　教室の水滴の十字架　忘れる決意　湯川昌美

△近頃のワインの様を眺めれば　瑕疵なき玉をそやすがごとし　針谷圭角

△オキシフルしみたる白き泡あわの消えゆくまでのとおいいたみを　欣末子

△「やめて」って冷静な声　ためらわず　あなたの背中傷をつけたい　大内恵美

＊

穂村　これは難しい題ですね。
東　でもいい歌が集まった。
沢田　「傷」という言葉を使わなくても、「傷」を感じさせるならばよし、としました。ではまず、新橋芸者の七重ねえさんの歌から。

△△どうしよう、かくしたいけど、どうするの　こわしたかがみ　きずがキラキラ

七重

穂村　これ面白いですね。二人とも△つけてる。《かくしたいけど》《こわしたかがみ》《きずがキラキラ》というカ行とガ行の音の連鎖が印象的です。それから《きずがキラキラ》のところに、割れた《かがみ》の《きず》と、同時にそれを壊した自分の心の傷のようなものを感じさせる。自分と《かがみ》という、ふたつのものがひとつに溶け合っているような感じがあって、それが面白い。ただぼくならこれは「こわれたかがみ」にします。つまり《どうしよう、かくしたいけど、どうするの》で壊したってことは充分に伝わるわけです。だからここは「こわれたかがみ」にした方が、壊れちゃったっていう感じが逆に

強くなりますから。《こわした》の持つ主体性をむしろ隠した方がいい、というのがぼくの考えです。

沢田　同人の吉田裕子さんは「わたしなら《どうするの》は『きれいだね』にする」とのことです。たった五文字でものすごく変わるものですね。

東　「傷」は「クリスマス」のような固定されたイメージがなく、それぞれの「傷」という、みんなの固有の痛みの持ち味がダイレクトに出て面白かったですね。すずさんの、

○ああいたい。ほんまにいたい。めちゃいたい。冬にぶつけた私の小指（↑足の）。　すず

照れてとりつけたような字余りが愛らしいですね。《冬にぶつけた》ところがほんとに痛そうで。この《(↑足の)》がほんとに可愛い。

穂村　いいね、これ。

東　いかにも関西の女の子、って感じがする。お茶目というか。

沢田　サービス心がありますよね。しかもネは真面目で、律儀に五七五七七を守って、でも最後にちょっと気になって《(↑足の)》とつけた。これも律儀ですね。

穂村　この人、ダメ押し的に愛のある歌が多いですね。後の「眼鏡」のテーマで、

○△ヤクルトの古田のメガネすごくヘン　もっといいのを買えばいいのに　　同

全くよけいなお世話なんだけど（笑）、そのよけいなお世話に愛がある。「すごくヘンだからやめちゃえ」と言ったら全然いい歌にならないんだけど、《もっといいのを買えばいいのに》と明らかに誰が聞いても「よけいなお世話だ」と、つっこみたくなるところに、この歌がある。人間性ですね。出てますね。このダメ押しをやらずにはおれないところに愛があります。

沢田　これは、実はかの千葉すずさんですが、彼女そのままなのですね。どうしてもよけいなことを言ってしまわれる方で、前のアトランタ・オリンピックのときも、「そんなに言うならみんなもオリンピック出て、自分でやってみたらいいじゃないですか」というミもフタもない発言をして物議をかもしたものですが（笑）。

穂村　それ、すごくいい言葉ですね。

沢田　それ言っちゃおしまいのことを言うの。

△◎夕焼けの回旋塔にすりむいて「かさぶたできる？」と母に問ふた昔《ひ》　欣末子

東　めくるめくようなノスタルジーに惹《ひ》かれました。《夕焼け》のときの、体がほてってぼんやりしてくる時間の身体感覚を《回旋塔》がさらに強めていて、うまい導入だと思います。傷の様子を《「かさぶたできる？」》というたったひと言のセリフで表現されていて見事です。これ、《かさぶた》って言葉を覚えたての子供の言葉なんじゃないかな。

穂村　ただこれ、《昔》に《ひ》というルビをふってるんですが、そのまま素直に「日」とした方がいいでしょうね。歌の背後にある主観を強く押しつけすぎるな、っていう例のセオリーです。《昔》とやられて、それに《ひ》ってふられると、読んでいる方はちょっとひくんです。書いてる方はそれでダメを押したいんでしょうが、結果的にひかせちゃうんですね。全体のトーンで明らかにノスタルジックな歌だってわかりますから、《昔《ひ》》と書く必要は全然ない。そう、《回旋塔》ですね、この歌の手柄は。《回旋塔》って公園にある回る遊具かなって思うのですが、《夕焼けの回旋塔》っていう言葉もきれいですし、響きもいい。

東　情景もきれいですね。色も形も。

○待ちきれずそろっとはがしたかさぶたの端っこそっと口に入れたよ　　同

こういう感じあるある、という点でとてもよかったです。

沢田　冷静に考えると異常な行動だけど、誰でもやりそうなことでもありますよね。よくこれを発見した、と思います。

東　原始的な衝動という感じがしました。食べるとおいしいんですよね。

沢田　おいしい?
東　ええ、うすい塩味が。ま、それはともかく(笑)、「傷」を持つことによって忘れかけていた自己愛が浮き彫りになったのではないでしょうか。

◯◎車海老　春のてんぷら　氷水　バンドエイドに祝福を　　吉野朔実

沢田　これ、エビ剝《む》くときにケガしたんでしょうね。ペリ、痛い!……という。
東　全体的にリズムのよい名詞の羅列の中にストーリーが込められているようで、読んでいるといろんなシーンが鮮やかに浮かんできました。たいへん技巧的な歌だと思います。起承転結がすとんと心に収まって気持ちいいです。
穂村　最後が字足らずなんですが、面白い。これはもう明らかに言葉を何かの形で仕事にしている人の歌、という感じ。うまいですね。名詞を微妙にずらしながら重ねていって、それぞれを和音のように響かせているという技術はプロの力でしょうね。まず初めの《車海老》にしても、《車》と《海老》のオーバーラップする感じがどこかにあるんですよね。《鏡餅》の中に《鏡》と《餅》があるように。
沢田　同人評。「情景がクリアに浮かんでくる。《車海老》のかたわらにあるタラノメまでも。とても絵画的な歌だと思います」(松本典子)。
東　タラノメ!　そんなふうに自分の好きな方向に連想が飛ばせるところが楽しいですよ

ね。

○△どっかにあるはずなんて宝ものみたいに傷さがすなよ少女買う中年　　伴水

穂村　これは東さんが△、ぼくが○。完全な字余りですが、すごいリアル感があって、自分にはとてもこのリアルさは出せないなと思って感心しました。知的リアリティというのかな。確かに《少女》の《傷》というものが、《中年》にとってこういうヘンな屈折した輝きを持つってことはありうると、中年になりつつある自分を省みて思いますね。（と、読んだのですが、文庫化にあたって再読したところどうもこの「傷」は「中年」自身の「傷」で、それを「宝もの」のように「少女」にみせるために「さがす」という歌に思えてきました。）

東　《中年》の《宝もの》と《少女》の《傷》という取り合わせには打たれるものがあります。

○大川の鉄の架橋の錆色はわが身ひとつの傷のいろかも　　太田和彦

沢田　古風な感じの歌ですね。百人一首っぽい、というか。

東　かっこいい本歌どりですね。《架橋の錆色》を《傷のいろ》と捉《とら》えた感性に惹かれました。

沢田　ホンカドリ？

東　本歌どりというのは、元となる歌から言葉を借りてきて新しい独自の世界の作品を作るということです。おそらくこの歌は、百人一首にも出てくる、

・月みればちぢに物こそかなしけれわが身ひとつの秋にはあらねど　　大江千里

という歌から《わが身ひとつの》を借りてきたのでしょう。平安王朝の月から現代の《錆》の浮く《架橋》への転換は、見事だと思いました。

穂村　ほかに思いつく例では、

・ニコライ堂この夜《よ》揺りかへり鳴る鐘の大きあり小さきあり小さきあり大きあり　　北原白秋

のゆかいな本歌どりとして、こんなのもあります。

・猿山にむらがり遊ぶニホンザル大きあり小《ち》さきあり猛きあり穏しきあり　　高野公彦

沢田　なるほど、かなり遊べる世界ですね。

○傷口をほおっておいたらひろがった　自分でかけるアイロンのおと　　カリオカ

東　上の句のなすすべもない心持ちが下の句につながって切実さが伝わってきました。スチームアイロンのシュウ、という音ですね。孤独な音の広がりが印象的でした。

沢田　《自分でかける》のへんに痛さがありますね。ねむねむさんの、

まだ君にすべて話せるわけじゃない　何も言わずに自分で治した　ねむねむ

に通じますね。《自分で治した》という言葉、何かケガした動物が傷口をぺろぺろ舐《な》めている感じがあります。

東　上目使いのうったえるような、悲しげな目が浮かんできますね。「傷」という言葉を出さずに、外側からその深さが分かるようになっていて、読めば読むほど悲しい歌に思えました。

穂村　字余りにしてまで過去形にする必然性はあるかな。「自分で治す」か「ひとりで治す」でもいいような。

東　いったん自分自身の中で解決済みだけど、ふいにコイツメ、という感じでむし返しているのかなと思ったんだけど。

○夕食の支度するたび傷増える今日のメニューはあなたの好物　鶴見智佳子

沢田　東さん、○です。

東　『ミザリー』な感情が少し見えて、コワくていいです。
沢田　『デリカテッセン』な感情というか。
東　愛憎の食卓。《好物》の一語がとくにコワい。〝アタシを食べて〟と言ってるみたい。
穂村　リズムを考えると「傷増えて」と下句につなげる手もありますね。

○主なき部屋の窓辺に明かりさす小さな傷だけ取り残されて……　　同

東　喪失感がありますね。《て……》、何でしょうね、言いさしの後の物語が気にかかります。このあとこの人はどういう行動を起こすのか……。
穂村　ここにも《だけ》が出てますね。悪くないけどここで字余りになってることは意識してほしいな。

傷ついた傷ついたのと言うけれど何度もあると悪いのあなた　　大坪美紀

沢田　無印でしたが、標語にしたいような歌で、笑いました。本当にそうだと思います。《傷ついた》と言う友人へのこの冷たさがベリーグッド。それからこれも無印ですが気になった歌。

島の犬　傷ついたの病みついたのばかり　それでも咬み合って睦み合ってる
那波かおり

バリ島とみました。閉ざされた土地の理不尽な生命力を感じさせてくれる、面白くもあり、哀れでもある歌。

東　なんとも言えない迫力がありますね。バリ島でなくても、その生命力は伝わると思うのですが。ちょっとリズムがぎくしゃくしてるかな。

穂村　これは「島の犬　傷つき病みついたのばかり　それでも咬み合い睦み合ってる」くらいには定型化できそう。いい歌だと思います。

△○沈丁花におえどいまだ流血中　かさぶたとなれ春逝く前に
沢田康彦

沢田　この歌、友達からもらった歌への返歌で詠《うた》ったものです。弱ってるフリしたらこういう歌をもらったんです。

春の風におう頃にはわが友の心のかさぶたとれればいいね
きよみ

いい友を持つのはうれしい。「返歌」は楽しい。

東　「返歌」の楽しみって秘密を分け合うような楽しみって気がします。「沈丁花」の歌は、再生への願いを込めた歌ですね。心と体と両方の。《沈丁花》と《血》の匂いがまじって生々しい。

穂村　はい、ただ《逝く》が重たいですね。「ゆく」にしたら○かな？

沢田　あ、「ゆく」にします、「ゆく」に！

◎隠すほどその点線は実線に　やわらかいとこ血は流れねど　ねむねむ

東　ねむねむさん、いいですね。どれも体感的に書けてますね。これはちょっと抽象的なんだけれど、《点線》が《実線》になっていくっていう、抽象的なものがだんだんはっきりしていく感じ。そこに血が流れていく感じ。なんか読者に色々想像させる歌なんですけれど、でも体感として白日夢を体験しているようでリアルでした。《やわらかいとこ》が心身両面に響いて意味深でいいですね。広がりが心地よいのでこれをとりました。

沢田　この歌だけ、意味がとりにくいですね。あとの歌はわかりやすいけど。

月の夜いろいろあったが金曜日癒える快感手つなぎ歩く　同

《月の夜》も《金曜日》も《癒える》も《手つなぎ歩く》も、みんな気持ちいい言葉が並んでいます。たぶん《彼》とでしょうが、一緒にいることの幸福感がほわーんと立ちのぼってくるような歌だと思います。

東　《いろいろあったが》が散文的な説明で少しゆるい感じがしました。《月》→《金》への運びが自然で心地よい時間経過となっていると思います。

沢田　あと二首。

陽だまりに愛犬手をなめ深呼吸　こいつがいればあいつはいらない　同

と、先ほども触れた、

まだ君にすべて話せるわけじゃない　何も言わずに自分で治した　同

東　も、うん、いいですね。なんか孤独なような幸福なような、不思議なところをついてくる歌ですね、どれも。さびしさに対する自己責任のようなものがあって、ある種いさぎよいですね。一方で歌の中で自己解決してしまった感じがあって広がりが少ない気はしましたが。

穂村　実は、言葉になる前の実感のようなものをそのまま表現できればすごくいい詩になるんですけど、これが意外に難しい。人はそれまで何十年も生きてきてたくさんの言葉をいろんな形でやりとりしてきてるじゃないですか、論理的な言葉とか。それがむしろあだになるところがあって、ナマの感覚が、今までの自分の体験とか学習とか、そういうものに妨害されるんですね。文法を守らなきゃいけないんじゃないかとか、主語はこういうふうに使う、ここには述語が来なくちゃいけないんだとか、そういう無数の決まりによってその感覚を殺されちゃうところがある。ねむねむさんの歌は、深いところで感じたものを文法とかそういう体験を無視して引き上げられるという特徴がある。これは東さんの能力とほとんど同じですね。井戸から水を汲《く》み上げるようにナマの表現を引き上げる能力。後に出てくる歌を見てゆくと分かるけど、ねむねむさんはその点でとても高い能力を持っています。ただそれは批評する側からすると、かなり難しいところがあって、いいっていうことはみんな分かるんだけど、そもそも感覚が経験的な言語をすり抜けたからいいのであって、それをもう一度経験的な論理の言語で説明しなくちゃいけないってところが難しい。まあ、それはできるんですけどね。できない行為じゃない。ただ難しい。

東　作った本人も、うまく答えられない作りなんでしょうね。

○　「逢えない」は心ごと切るかまいたち　痛いはずの傷真空になる　篠原尚広

沢田　穂村さん、○ですね。

穂村　迷いのない文体で、微妙なことをうまく言えてると思います。ポイントは《心》という見えないものを切るのは結局《かまいたち》という見えない刃なのだと。これは大根を包丁で切るっていう次元とはちがう、見えないものを見えない刃で切る、っていう出来事をうまく詠っている。《痛いはずの傷真空になる》っていうのも、《「逢えない」》ということの微妙な痛みの質をうまく言いえていると思います。
沢田　とっても痛そうな歌ですね。どこの句を見ても。
東　うん、痛いですね。《真空》って表現がうまい。痛くて麻痺《まひ》しちゃったような。
沢田　何があった？　と聞きたくなるリアル感があります。次、無印ですが、笑った歌。

傷口に塩をぬるよなワタクシの唄を聞いてよじっくり聞いてよ　幸宏

穂村　これ、面白い韻律ですね。これはこれでできてると思うのですけど、たとえばもし自分だったら「タバスコを眼にふるような」――こういう表現がいいかどうかはともかく――そういう方向に行くような気がする。つまり表現の独創性を追求したいと。《傷口に塩をぬる》というのは慣用句ですからね。ただこの歌は、それを逆に利用しているわけですが。
沢田　あと、もともとのお題が「傷」ということもありますし。
東　《唄》という音感を刺激するものに対して《傷口に塩をぬるよな》という皮膚感覚に持っていった表現が面白いですね。
穂村　うん。それが慣用句であっても、《唄》に対して使うというのはオリジナルといえますね。
沢田　いつも『猫又』を送っていたけど無反応だった高橋幸宏さんが、この「傷」ってテーマには反応されたのが面白かったですね。

東　あ、これYMOのユキヒロさんなのですか？

沢田　そうです。同人評では「妙に耳の底に残って、忘れられなくなりました。冷たくて粘度のある液体がヒタヒタくるような感じ」（那波かおり）なんてのがありましたね。いずれにしてもこの歌、そのままタカハシユキヒロ世界の宣伝コピーにもなっているところが憎らしいですね。

眼鏡

イラスト＝千葉すず
（元水泳選手）

「電話」「傷」と、心をえぐるようなお題が続き、同人から「もう少し別のイメージを導くようなテーマを」、なんて（生意気な）注文も来たので、ならばとこんなものにしてみました。

トンボの眼鏡、円鏡の眼鏡、横山やすしの眼鏡、恋人の眼鏡。色眼鏡、鼻眼鏡、ぐるぐる眼鏡にメガネザル。かける、割る、踏む、曇る、なくす……。

テーマは単なる名詞ですが、それでもやっぱり「心をえぐられる」人が多かったのはおかしい。結局どんな題になっても、詠み人はそれを自分へと近づけてしまう。近づけないと詠めないのです。

「眼鏡」は眼鏡で思いいろいろが、四十六人揃っての百五首。お点のカラい穂村さんから初の◎が出て、ばんざいの巻。

「眼鏡」二十首十二首

◎　遮光土偶の次なる人は西田幾多郎なり教科書の中でメガネかけているのは　大塚ひかり

◎眼鏡触れ「生命線」と笑う君、いつか越えたい最後の砦　大内恵美

○△ヤクルトの古田のメガネすごくヘン　もっといいのを買えばいいのに　すず

○鍵　財布　化粧省略　髪手ぐし　眼鏡は脱ぎしセーターの中　本下いづみ

○うるうるの目ん玉に二本桜の木　眼鏡に貼り付いた　花びらは一枚　吉野朔実
○「そのほうが、似合う」と褒めたメガネ顔お気には召さず　互いうつむく　加藤賢崇
○桜並木　ももいろサンゴが手を振った　様に見えたよメガネかけねば　鷺まなみ
○遠めがねながあくのばしてのぞきます　あしたの私《わたくし》みあたりますか　欣末子
○寝る前の読書　ページもめくらずに　ほっぽりだされる　ゆがんだ眼鏡　小沢美由紀
△△どこやねん⁉　落とした眼鏡探すたび憑依しに来る浪花のおっさん　沢田康彦
△ナス型のグラスに映るハイウェイ　海ははるかに渋滞の夏　吉田裕子
△右ななめうしろはみ出た眼鏡ごしあなたが見てる世界が見える　ねむねむ
△ふるえる手　はずす眼鏡のその向こう　小鹿のような君をみつけ　馬場せい子
△今度はいつ　言いださぬまま夜空仰ぐ　君の眼鏡光る花冷えのとき　瞳
△サングラスかけてなお眩しい初夏の風　もう会わないと言い放った後朝　同
△「召し上がれ」曇るメガネの向こうにはじつは炊きたて女の炎　イタガキネイコ
△店の中楽しき話でおかみさん大きく見たくてメガネかけ　ヨッちゃん
△くやしきは掛けねば見えず曇り来るメガネふきふき覗く女湯　波金
△春の午後　サティ「彼の鼻眼鏡」丸フレームも三拍子に揺れる　小沢美由紀

△遅い朝　眼鏡がないと探す君　帰れぬように隠しておいた　飯田真由美

「自由題」

△◎大根をかじって話してまたかじる帰りは雪に　うさぎな二人　雷鳥

○まぶしがる君の瞳を包みこみまどろむ午後の光やさしき　敦

＊

沢田　まずは、この破壊力のある歌から行きましょう。

○△ヤクルトの古田のメガネすごくヘン　もっといいのを買えばいいのに　すず

穂村　これは前にも触れましたが、よけいなお世話の次元にまで踏み込んだところに愛があって、いいですね。一回読んだだけで覚えました。

沢田　それも大事な要素ですね。覚えちゃう歌、ってある。街を歩きながら突然出てきたりして。この歌、テレビで古田見るたび思い出して、笑っちゃいます。

東　リズムがいいんですよね。

穂村　だって、まんまなんだもん。

東　《買えばいいのに》ってとこが。
穂村　確かに、きっとたくさん給料もらっているはずだから、買えばいいのにと。
沢田　でも、よけいなお世話だと。
東　本人が気に入ってるんだからって（笑）。
沢田　ほっとけ、って。すずさん、「古田さん、怒らへんかなあ?」とちょっと心配してましたが、むしろ笑って喜んでくれるような愛の歌ですよね。
　さて、点のカラい穂村さんから初の◎が出ました。これも、とっても破壊力のある歌だと思います。

◎　遮光土偶の次なる人は西田幾多郎なり教科書の中でメガネかけているのは
大塚ひかり

穂村　完全に字余りなんですが（笑）。まず上の句だけで見ると、《遮光《しゃこう》土偶の次なる人は西田幾多郎なり》と。これは全く異常な言葉ですよね。ここだけを見るとなんなんだと誰もが思う。この謎が下の句で完璧《かんぺき》に解明されます。《教科書の中でメガネかけているのは》と。その落差っていうのがとても大きい。全体は単なる事実なんですよね。たぶん社会か何かの教科書の中で前のページから「めがね、めがね」というキーワードだけで一巻を見たときに《遮光土偶》の次は西田幾多郎であったと。この間にものすごい時間の流れがある。その《教科書》＆《メガネ》という、《教科書》にキーとして《メガネ》を当てはめただけでこの上の句の異常さが生まれてくるっていうことに詩的な価値を見い出しました。そこから先は深読みになるのですが、《西田幾多郎》は有名な哲学者ですよね。その哲学というものが生命や宇宙の謎に迫ろうとする学問であるということを考えると、土偶から西田までの人間の営みと《メガネ》というキーワードとの照応を感じます。同時に光を遮るってことに何かその謎の深さや人間の限界を感じたり、全体がどこか深いところで響き合ってるように思う。ですから、難しい歌で、しかも偶然にできたようにも見える歌なんだけれども、◎でとりました。

沢田　東さんは無印ですが。

東　うーん、私はたまたまそこにあった事実を面白がって作ったのかな、という気がしたのだけど。

穂村　はい。でも、どんな作り方であれ、できたものはできたものですから。

沢田　《教科書》って、伝統的に《メガネ》の落書きをするものでもありますね。あとチョビ髭《ひげ》とか。授業中の子供が勉強しているかといったら、大間違い。大半はきっとそういうことをしてるんです。片っ端から偉人の顔に《メガネ》描き込んでる。そういうなつかしい感覚も思い出しました。今でもやりますけど（笑）。

東　《遮光土偶》ってどんなもの？

穂村　ぼくも分からないんですが、たぶん眼鏡状のものを目にくっつけた土偶じゃないかしら。
沢田　あれは《メガネ》じゃない！　というツッコミもできる歌ですね。にしても、短歌でものを覚えることってよくありますよね。
東　そうですね、普通に暮らしていたら一生使わないような言葉、古い言葉が多いですが、いろいろと調べなければならないです。昨日知ったような言葉も、今日は涼しい顔をして使うわけですが（笑）。
穂村　次の歌。東さんが△でとっている、

△遅い朝　眼鏡がないと探す君　帰れぬように隠しておいた　　飯田真由美

それから、ぼくが△でとっている、

△　ふるえる手　はずす眼鏡のその向こう　小鹿のような君をみつけ　　馬場せい子

ここにはいずれも共通の弱点があって、飯田さんの歌では《帰れぬように》っていうのが律儀すぎるんですよね。《帰れぬように》って書く必要は全くないんです。《隠しておいた》だけで伝わるように作っていかないと。「ふるえる手」の歌では、《その向こう》という言葉が果しているのかなって気がしますね。《小鹿のような君》というのも、その

通りなんでしょうが、「小鹿をみつけ」でもいいんですよね、詩的には。仮にその《小鹿》というものを本物の《小鹿》だと誤読されてもかまわないわけであって、《小鹿のような君》というのはどこか律儀すぎるなあ、と。

○桜並木　ももいろサンゴが手を振った　様に見えたよメガネかけねば　鶯まなみ

これもいいんですけど、やっぱり律儀ですよね。《桜並木》を《ももいろサンゴが手を振った》という見立ては見事なんですが、《メガネかけねば》で自分も読者も納得してしまう、というところがあるかな。

東　落語のオチみたいですね。この諧謔味《かいぎゃくみ》は私にはほほえましかったのですが。海底にいるように《桜並木》を感受するというのは、とても新鮮でした。

沢田　鶯さんは、自由題でもいいのがありました。無印ですが。

さんぽみち雨のにおいに気がついて犬はくんくん「帰ろう」という　同

降る前の気配を《雨のにおい》と表したところがエラいと思います。同人評では「重くたれこめた雲の気配まで感じさせる。シンプルだけど込められた情感は深い」（那波かおり）というのがありました。

東　そうですね。感覚がとてもいい。そこを〝してやったり〟という感じに書かないでのんびりと表現するところにこの人独特の〝味わい〟を感じます。透明な絵に添えてみたいですね。

△◎大根をかじって話してまたかじる帰りは雪に　うさぎな二人　　雷鳥

親密感が心地いいですね。全体的にはかない恋愛、うまく行かなかったり、終わりそうな感じがしたり、さびしい恋愛が多い中で、これは親密で幸せな、うまく行ってる恋人同士を詠《うた》って、いいなと思いました。二人っきりの孤独な幸福感が切なく胸に響きますね。《雪》が効いている。

穂村　効いているのは、《大根》《雪》《うさぎ》という、白いものトリプル、でしょうか。白さの質感がちがう、温度も形状もちがうもの。あったかい白、冷たい白……。

東　そういう微妙な部分をしつこく提示した歌っていやみになりがちだと思うんだけど、これは心情が素直でシンプルに書けていていいですね。

沢田　ほかの「眼鏡」歌に戻りましょうか。東さんの◎。

◎眼鏡触れ「生命線」と笑う君、いつか越えたい最後の砦　　大内恵美

東　これをはずされたらおしまいだ、っていう《君》がいるのかな、と。この向こうに物語が見えて面白いなあって思ったんですよ。それをむしりとりたい女の子の思いが、うま

く書けてるなあって。まだ完全には心を開いてはいない関係性を《生命線》という言葉を利用して持ってくるというセンスが印象的でした。シャワー浴びるときも、二人で寝るときも、《眼鏡》をしていそうですね、この《君》は。キャラクターがとても面白い。

穂村　しかし、これは《生命線》という言葉と《最後の砦《とりで》》って言葉がやや重複してるよね。できればひとつのキーワードにしたいわけで、《生命線》と言われたら、下句はそれを受けた表現にしたい。つまり《最後の砦》と言い換えてしまわずに、《生命線》をどうしたいのかということを書きたい。ねじまげたいんだか、埋めたいんだか、なくしたいんだかは分からないけど。逆にいえば、そういう処理のできる言葉を上の句に持ってくることが必要なんでしょうね。

東　つまり、比喩《ひゆ》を比喩で受けてしまっているということですね。

沢田　東さんの○シリーズ、どんどん行きましょう。

○寝る前の読書　ページもめくらずに　ほっぽりだされる　ゆがんだ眼鏡

小沢美由紀

東　コマ割りしたような、一節ごとの時間のずれがとても面白いですね。最後の《ゆがんだ眼鏡》というところで、おざなりにされているけど、生活する上でとても重要なものですよね、《眼鏡》って。で、そういう絵が見えるじゃないですか。くるんとつるが《ゆがんだ眼鏡》の。さっきまで体の一部だったものが、体を離れてきょとんと《ゆがん》でいる、その描写は買いですよね。

○鍵　財布　化粧省略　髪手ぐし　眼鏡は脱ぎしセーターの中　本下いづみ

現代の後朝《きぬぎぬ》の歌ですね。朝起きてから、身を整えるうちにすばやく自分を取り戻していく。《眼鏡》と《セーター》がむつび合っているようで官能的。

沢田　道具だけを陳列して、ヒロインのキャラクターを示す、チャレンジ短歌です。

○うるうるの目ん玉に二本桜の木　眼鏡に貼り付いた　花びらは一枚　吉野朔実

東　歌には湿気があるのに描き方がドライ。そのアンバランスがよかったです。漫画のコマ割りのように句ひとつひとつにくっきり絵が浮かんで楽しいです。

沢田　もうさすがに漫画家さんで、先に心に浮かんだビジュアルを巧みに言葉へと移していったのではないかと思うくらい。

東　確かに漫画のように輪郭がはっきりしてますよね。

○「そのほうが、似合う」と褒めたメガネ顔お気には召さず　互いうつむく　加藤賢崇

沢田　これは俳優の加藤賢崇さんです。このあたりから毎回参加の常連となりました。

東　微妙な心情と、その距離感を捉《とら》えていると思いました。この《、》の打ち方がいいですね。《、》の間に逡巡《しゅんじゅん》があったという、その微妙な心の動きがよく表現されていると思いました。

穂村　なるほど。これ、「二人うつむく」じゃだめですか？

東　そうね、でも《互いうつむく》の方が位置関係が見えますよね。

穂村　そうか。向かい合ってる感じ。

東　微妙な恥ずかし感が。まだ恋を打ち明けてないような初々しさがある。

△　ナス型のグラスに映るハイウエイ　海ははるかに渋滞の夏　　吉田裕子

穂村　「体言止め→体言止め」というのはあまりお勧めできないパターンなんですけれども、これをとった理由というのは、非常に映像喚起力がある、この歌を見たときに映像として立ち上がってくるものがある。見たものをただそのまま言葉にしてもそうはならないんです。この歌の場合も、《ナス型のグラスに映るハイウエイ》っていう、たぶんサングラスだと思うのですが、それに《映》っている道路、それから《海ははるかに》のあたりも言葉の配列が単純ではないんですよね。よく分からないとも言えるような組み合わせで言葉が配列されているんだけど、全体を読んだとき映像として誰もが身に覚えがあるような感じで立ち上がってくる。きらきらしたイメージの歌ですね。コンピュータのプログラムなんかも圧縮したものを解凍することがあるけど、同じように作者がイメージを圧縮して言葉にしたものを心の中で読者が解凍する、それによって誰かが見た一瞬の映像を全然別なところで別の人間が味わうことができる。言葉の圧縮が非常にうまいですね。○でもいいなあ、これ。

東　そうか、言われているうちにみるみる解凍されてきました。あー、解ける解ける。解けるといいですねえ。でも、やはり少し言葉がぎちぎちで、苦しい感じは残りますが。

○遠めがねながあくのばしてのぞきます　あしたの私《わたくし》みあたりますか　欣末子

沢田　《ながあく》がいいですね。そこには心理的な長さが加味されているのだと思います。ちょっと可愛い子ぶりすぎかな？

東　下の句を観念的な疑問に持っていかないで、具体的に見えたものと「あしたの私」をオーバーラップさせて断定的に書いても面白かったんじゃないかな。たとえば、「絶叫歌人」として有名な福島さんの、

・いかに泰子その前日はわけもなくただもうわれは雲雀であった　福島泰樹

みたいに。「われは雲雀」である、と。

沢田　言い切ってますね。

△　右ななめうしろはみ出た眼鏡ごしあなたが見てる世界が見える　ねねねむ
　正にこのアングルがたまらない、です。度の強い眼鏡をしてるぼくとしても、こんな角度で見てくれてる女の子のこと考えるとウキウキしますね。

東　確かにこのクローズアップはものすごいです（笑）。恋してはいけない相手との恋の予感。前半、どこかに一ヵ所助詞を入れた方がいいと思います。

穂村　自分にとっては度の合っていない世界を一緒に見るのがいいですね。

沢田　ここで言うのもナンですが、穂村さんは眼鏡をしていてもフレームだけでレンズを入れていないから（主宰注／事実です）、この歌には当てはまりませんね。

△△どこやねん⁉　落とした眼鏡探すたび憑依しに来る浪花のおっさん　沢田康彦

穂村　これは《憑依《ひょうい》》という言葉が効いてますね。

沢田　横山やすしのことだって分かってもらえました？

穂村　分かりませんでした（笑）。

東　私も分からなかった。ただの《浪花のおっさん》かと。

沢田　関西人には分かってもらえるんだけど。

東　あっ、私関西人だけど。

沢田　《落とした眼鏡探す》のは横山やすしの持ち芸のひとつなんです。

東　へえ。

沢田　へえ、って、そんなこと言う人は真の関西人ではないです。

穂村　この《憑依》って文字面と《浪花》って《花》のある文字面が意識の下の方に効いてくるところがあります。

沢田　一応「難波」「浪速」「なにわ」「ナニワ」って検討したんですが。

穂村　直観的にたぶん《浪花》がベストでしょうね。《眼鏡》と《花》ってつながりもあるし。ついでに言うと、どこを漢字にして、どこをひらがなにするかというのも非常に大きい要素なんです。つまり、五七五七七って単純な表現なんでその中でどれだけ細心であっても細心すぎることはないから、できれば漢字とひらがなとカタカナ、すべての組み合わせを検討したいくらいなんです。その上で最善のものを確定したい。

東　そうですね。まずは全部書いてみるといいかもしれませんね。私は、ひらがなと漢字、どっちにしようかって迷った場合、たいていひらがなにすることが多いかなあ。

沢田　確かに東さんの歌、ひらがなが目立つ印象がありますね。

・てのひらにてのひらをおくほつほつと小さなほのおともれば眠る　東直子

東　これは子供と《てのひら》を重ねている歌ですが、《てのひら》のやわらかさや暖かさをひらがなに託したのです。で、私の歌は、全体的にリズムがゆっくりなんですよ。漢字って見た目が早くなる、情報が瞬時に入っちゃうじゃないですか。そうするとどうしても自分の歌のイメージに合わないような気がして、結果的にひらがな表記が多くなるかなあって気がします。でも穂村さんの場合は、わりと早い。

・「凍る、燃える、凍る、燃える」と占いの花びら毟る宇宙飛行士　穂村弘

とかね。ひらがながそんなに多くはない。

沢田　力強くて、はっきりした印象のある歌ですね。

東　穂村さんがひらがなで書くときは、かなり意識してひらがななんですよね。たとえば、

・このあろはしゃつきれいねとその昔ファーブルの瞳《め》で告げたるひとよ　同

・きがくるうまえにからだをつかってね　かよっていたよあてねふらんせ　同

みたいに。普通はカタカナで書くようなところもひらがなにしたり。わざと目立った使い方をしている。

穂村　そうですね。これも全く一般論なので、ぼくなんかには当てはまらないんですが、短歌の生理的なスピードというのは遅い方がいい、と言われています。確かに迷ったとき

は二パターンあったら遅い方にしといた方がいいことは多いでしょうね。

沢田　遅い、というのはたとえばひらがなを使うってことですか。

東　はい。まず目で読むのに時間がかかるし、声に出すときにゆったりしたリズムをとるという特徴があります。もちろん例外もあって、

・サバンナの象のうんこよ聞いてくれだるいせつないこわいさみしい　同

なんかは、ひらがなが多いけど速度感のある歌ですね。

穂村　人によって歌の〝生命線〟がちがうと思うんですよ。得意なツボってことなんですけど、東さんの場合は韻律とか体感・体温みたいなものを重視して詠むんで、必然的にそういう方法論になるんですね。ぼくの場合は、ビジュアル重視かな。詠んだときにひとつの像がブレずにイメージできるということを生命線にしているところがあるんです。それはもうほとんど体質に近いところなんで、選んでるわけじゃなくって自然にそうなるんですけど。そうすると必然的にどこを捨ててどこをとるかってこと、何を武器にするかってことがかなり決まってきちゃうんですよね。

沢田　なるほど。そういうことを考えてプロの作品を改めて読むと面白いかもしれませんね。

きいろ

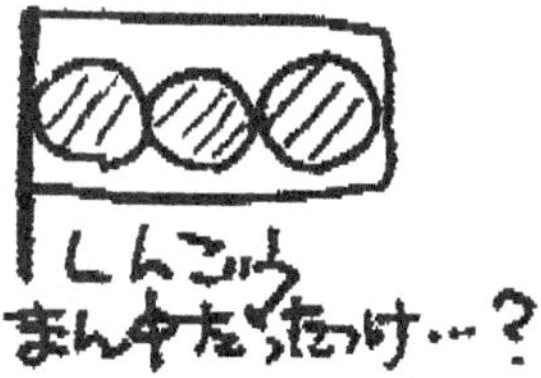

イラスト＝中島史恵（タレント）

きいろきいろきいろ……ヘンな色です。赤でも白でも青でも黒でもなく、きいろ。信号でいえば赤と青の中間。淀《よど》むとちょっと病気の色（黄疸《おうだん》とかね）。でも子供の頃から親しんでいる色。たんぽぽ、ひまわり、おしっこ、イエロー・ブリック・ロード、イエローマジックオーケストラ、黄色人種。どんなものも持ってこられる不思議の色です。

三十八人九十首、たくさんのきいろい歌が集まって、たくさんの歌を「とって」いただきました。◎が四つもあります！

「きいろ」二十二首＋二首

△◎セーターが電車の窓に反射して一瞬だけの　なのはなばたけ　湯川昌美

△◎私一人になったばかりの部屋に置く　グレープフルーツ　光源のごと　稲葉亜貴子

△◎開けた窓昼寝の2人陽のきいろまぶたににじんだ夏　早く来い　ねむねむ

◎婚約者《フィアンセ》の海辺の故郷　家々に黄旗はためき　汲み取りば呼びよっとよ　本下いづみ

△○「当たりはね　こんどはそうだなレモンだな」ガラガラと振るドロップスの缶　欣末子

△○おかっぱのあたまの中をあけてみる　ああ花畑しかも菜の花（三十五時間も働いてしまった記念日）　長濱智子

○きいろい午後左の窓からアベマリア右の窓から犬の声　吉野朔実

○インドにはいろんなことがあるもんでたまごの黄味も白くてびっくり　鷲まなみ

○おしゃべりが上手になってわかったよ　赤とかピンクを着たかったって　井狩由貴

○約束を二十分過ぎ二杯目のミュスカデのさき　夏月《なつづき》浮上　沢田康彦

○レモン色黄色とちがうと主張する6才の姪クレヨン時代　イタガキネイコ

○曲がり角　ぱっと広がる連翹《れんぎょう》の黄「どうぞ　ようこそ　待っていました」　大内恵美

△降誕祭抱擁交わす輪のなかにいて心に唱える者在りわれは黄色き人　那波かおり

△からまつのきんいろ枝々天にわらう　おむすびひざにドライブの朝　柴田ひろ子

△きいろとはいじけた色なりと　てんりゅうげんいちろう　ターザン山本

△体温の色見た気がした風の午後どこまで歩こう肩触れ離れ　ねむねむ

△生まれくる孫に母はきいろのベビー服選びけり男でも女でも無難な色ゆゑにと　大塚ひかり

△飛び乗れば　黄色の銀座線　見送る友にイーンして笑お　だってもう会えないかも　やまだりよこ

△憧れて黄箱のコダック　山のよなへなちょこ写真にゃ恋も愛もざわざわと　同

△いいかげんどうにかしろと黄金色《きんいろ》のカペラ傾くさようなら春　春野かわうそ

△それぞれが二人のために買ってきたバナナ二房　テーブル飾る　小矢島一江
△ふと思う　日の丸の赤をきいろに　そんなバカな　ターザン山本

「自由題」
○　じいちゃんは夜はお米は食べません　米の汁だけお銚子二本　鶯まなみ
△　〝ケ・セラ・セラ〟これが私のテーマ曲　今日一日は〝ドナドナ〟巡る（結納の朝に）　大内恵美

＊

穂村　これも、題が非常によかったですね。読んだ印象なんですけど、ほかの色に比べて「きいろ」っていうのは、深層の意識を引き出すようなところがあるみたいで、人によってすごく変わったものを摑《つか》んできてる。これ、ちがう色にしたらこういう結果にならなかったんじゃないかなあ。まず、東さんが◎でとって、ぼくが△をつけてる、

△◎セーターが電車の窓に反射して一瞬だけの　なのはなばたけ　湯川昌美

これは意識的なひらがなの使用ですね、《なのはなばたけ》。ある程度、書き慣れてい

る人なのかもしれないけど、これを漢字で書いたら台無しですよね。電車の窓に自分の着ているものか、彼の着ているものかわからないけど、その《セーターが》《反射して》っていう、要するに異空間をここに作ろうとしているわけですよね。異空間性というものを言葉の表記の上で、ひらがなとして展開することによって、その雰囲気を出している。これは当然こうするべき〝ひらがな〟として正解。

東　一字空けもすごく効いていますね。はっと時が止まった感じがよく出てる。季節感があたり一面にただようような、風景の切り取りがすごく上手《うま》いなあ。一字空け、かな書きの《なのはなばたけ》は確かに異空間につながっているようです。『天唇』という青春歌集にこんな歌がありますよ。

・過ぎゆきてふたたびかえらざるものを　なのはなばたけ　なのはなの　はな　　村木道彦

沢田　さて、穂村さんのふたつ目の◎です！

◎　婚約者《フィアンセ》の海辺の故郷　家々に黄旗はためき　汲み取りば呼びよっとよ　　本下いづみ

穂村　これもやっぱり全体としては現実の記述というのかな、たぶん実体験に近いと想像するのですが……。

沢田　長崎、らしいです。

穂村　あ、そうなんですか。これは、《黄旗はためき》まで記述しておいて、最後に《汲《く》み取りば呼びよっとよ》と方言を使って、郷土文化的な特殊性を示している。《海辺の故郷》とか《黄旗はためき》というきれいなところから、いきなり《汲み取り》というところにまでシフトしていくところに〝詩〟があると思いました。《婚約者《フィアンセ》》という自分にとっての大事な人間、人生を分かつような大事な人間の原点というのかな、その人間を支えている郷土という背景を詠《うた》ってこの詩を作り出したという点、これはうまいと思いました。

沢田　ぼくもこれはすごく衝撃を受けました。きれいな絵をくっきりと描きつつ、それを一気にすとーんと奈落《ならく》に落とす手際は、さながら極真のフィリォの〝一撃〟のようであります。

東　方言を使うことによって歌に血が通った感じがします。三つに分かれていますが、最初の一字空けは、沢田さんの言う「すとーん」感をより効果的に出すためにもない方がいいんじゃないかな。

沢田　なるほど。初期の『猫又』は、この歌のみならず、みんなすごく「、」「。」や「一字空け」を乱用しているのです。特に、五七五七七の間を全部律儀に空けてくる人はひっきりなし。

○　きいろい午後左の窓からアベマリア右の窓から犬の声　　吉野朔実

穂村　これはもう、やっぱりプロだな、言葉のプロだな、って感じですね。《きいろい午後》という謎を初めに提示しておいて、次に自分で出したその謎に対する感覚的な正解を示しているという構造だと思うんですけど。《左の窓からアベマリア》《右の窓から犬の声》をブレンドすることで、詩的な次元を切り拓《ひら》こうとしてる。ただこれはもう完全に意識的なんですね。初めっから異世界というものを作り出そうとしているから、その点で「婚約者」の歌の、偶然、というと失礼だけど、自然に異世界が出てきたような《汲み取りば呼びよっとよ》の衝撃には及ばない。打率で言うと、吉野さんの方が高くなるのかもしれませんが、それのみにあらずというのが短歌の不思議なところですね。べたべたに本当のことを書いて、そのことで詩が浮上するということはよくあるんです。さっきの「遮光土偶」の歌でもそうですよね。だから逆に言うと詩のプロが必ず短歌を書けるかというとそうはいかない。短歌には短歌だけのべたべたな感覚というか、そういうものから浮上してくる力がある。それとちょっと関連するんだけど、短歌とは言えない長さですが、

△　きいろとはいじけた色なりと　てんりゅうげんいちろう　　ターザン山本

△ふと思う　日の丸の赤をきいろに　そんなバカな　　同

本誌でも那波さんが評を書いていて、ぼくも全くその通りだと思ったのですけど、「どのようなお方かは存じあげませぬが、お人柄と歌とがパキッとひとつになってる（と思える）いさぎよさ。あなたの先を行く人はおらず、振り向いても、誰もいないでしょう。すばらしい！」。この「振り向いても、誰もいないでしょう」という孤独感が確かにあって、やっぱり人間性が力を持つ表現……短歌向きですよね、ターザン山本さんは間違いなく。俳句とか詩より、短歌向きで。さらに例を挙げるとですね、「カラス」の回の、

△○ク、ク、ク、ク、ク、ク、黒いカ、カラスはウ、ウ、ウ、うるさいあっちに行けよお　同

というのもすごかったですね。それから「トマト」のお題で、

○　この夏はなぜか少ない蟬の声トマト喰い喰い窓の外見る　同

一見全く普通の記述なんですね。これを読むと、本当にあったことをそのまま言ってる気がするんです。同じようによくあることを書いても、なぜか言葉だけで作ってる感じがする場合と、この人は本当にそれを体験して感じたんだなって思わせるケースがあって、この歌は後者であると。敢えて言えば《トマト喰い喰い》のあたりだと思うんですけど、力が宿っているのは。これは絶対にこうやって《トマト喰》ってこれを感じたって気がし

ますね。だからぼくは○をつけました。表現上は全然なんてことないんですけど、でもこの人の佇《たたず》まい、存在感というものが出てる。この人の場合、全体に孤独感が非常に強いんですね。「カラス」の歌も思わず「うっ」と来るような。

東　劇的ですよね。

穂村　世界に自分がやられちゃってる感じがするんですよね。世界にやられちゃってない人間が《日の丸の赤をきいろに》って言ったら、何か感じ悪いと思うんですよ。気取ってるようで。でも、この人の場合は本当にめためたになってるようなところがあって、そういった感情から歌が湧いて出てきてる。

東　ベトナム戦争の帰還兵的なところがありますよね。

穂村　そうそう（笑）。廃人っぽいの。

東　すごく痛い目に遭って帰ってきた人って感じがする。何か迫力があるんだよね。名前もすごいし。

沢田　え、この人知らないんですか？

東　はい。『ターザン』編集部の誰かかなあ、なんて思ってたんですが。

沢田　ブー。元『週刊プロレス』の編集長です。

東　戦争体験者？

沢田　まさか。でも似たようなものかも（笑）。

東　インパクトあるなあ。でも、これらの歌、フザけてるんじゃないでしょ？

穂村　全然フザけてはいない。真面目だと思います。真面目すぎて表情がなくなっちゃってる感じすらある。

沢田　次、行きましょう。

△　いいかげんどうにかしろと黄金色《きんいろ》のカペラ傾くさようなら春　　春野かわうそ

穂村　この《さようなら春》が、非凡ですね。

《カペラ》はぎょしゃ座の一等星。

・退屈をかくも素直に愛しゐし日々は還らず　さよなら京都　　栗木京子

という有名な歌をちょっと思い出しました。

東　春野さんの歌は自分の中にあった強い感情への訣別《けつべつ》。栗木さんのはモラトリアムというか青春への訣別、つまり時間に対する訣別。どちらもしみじみしますねえ。私も、

・さようなら窓さようならポチ買い物にゆけて楽しかったことなど　　東直子

というのを作ったことがあります。これは関わりからの訣別、なんですが。

沢田　わっ、胸痛む歌ですねえ。《さようなら》って、とても悲しい、けれど美しい言葉

ですね。

○　約束を二十分過ぎ二杯目のミュスカデのさき　夏月《なつづき》浮上　沢田康彦

穂村　《ミュスカデ》というのはぼくはどういうワインか知らなかったけれど、白ワインだそうで、そこがいいですよね。これは赤より絶対白。白ワインの向こうに《夏月》が出る。これも、結句が印象的な歌ですね。

東　《浮上》しはじめの月はきれいなオレンジ色ですもんね。《浮上》に海から昇ってくるような感じがあります。全体に、カッコよすぎるけど。

穂村　それから自由題の鶯さん、この人はねむねむさんとはまたちがう、独特のヘンな突き抜けた素直さがある。田舎で生まれ育った人かなって感じがちょっとするんですけど、自由題の、

○　じいちゃんは夜はお米は食べません　米の汁だけお銚子二本　鶯まなみ

とかですね、次の章の自由題、

△△そういえばおふろあがりのうちの犬ゆでソラマメのにおいに似てた　同

このへんも、特殊な昔の記憶とか体感を引きずっている感じがして、どっちかというと

ねむねむさんより、暗いというのか、土着的というのか、田舎の、それも北の方の感じに近いような。《米の汁だけ》というのは、これはお酒のことを言ってるのでしょうが、全くギャグのつもりじゃないと思いますね。実際に《じいちゃん》がこう言っていたんでしょうか、なんか深い記憶を浮上させてきてるようなところがあります。

沢田 「ソラマメ」の歌もリアル。

穂村 本当にそうなんだろうなあ。

沢田 鶯さんの場合、確かに体験したものをシンプルな言葉にしてすくい上げる能力に長《た》けていますね。

東 なんか嗅覚《きゅうかく》とかすごく発達してそう。動物っぽい雰囲気がある。

○ インドにはいろんなことがあるもんでたまごの黄味も白くてびっくり　　同

穂村 これも面白かったですね。

沢田 まんまやんかって感じですが。

穂村 まんまですけどね（笑）、韻律的にきれいに乗せてると思いました。

東 《あるもんで》→《びっくり》のリズムが軽く跳ねている感じでいいですね。

穂村 こういう短歌を読むと『猫又』には個性が集まってきてるなあって思います。

東 続けて読むと、詠み手の名前を覚えてきますね。

△◎私一人になったばかりの部屋に置く　グレープフルーツ　光源のごと　稲葉亜貴子

梶井《かじい》基次郎の『檸檬《れもん》』を連想しました。孤独感を《グレープフルーツ》に仮託して詠んだ歌なんでしょうね。《グレープフルーツ》が心に香りながら灯《とも》りました。

穂村　これもちょっとプロっぽいなあ。《グレープフルーツ　光源のごと》って。何か言葉をやってる人かな。プロの歌にありそうな表現ですね。

△○「当たりはね　こんどはそうだなレモンだな」ガラガラと振るドロップスの缶　欣末子

沢田　これは東さんが○、穂村さんが△。

穂村　これは《当たり》が毎回変わるというところが面白いと思いました。極端にカジュアルな感じ。毎回変わったら《当たり》じゃないじゃないか、って感じがして。要するにこれは二人の間の関係性しかないわけですから。二人だけの決め事というか。

東　ノスタルジーとユーモアがほのかに響き合っています。会話をしている人の関係性をほのぼのと想像させていただきました。二人は親密だけど、二人っきりの世界で孤独な感じ、ちょっとさびしい感じがあるなあ。《ガラガラ》という音とか。これは大人同士かな。

沢田　これ、家族の歌だとぼくは思ったんですが。お父さんあたりが子供やお母さんとドロップの缶で遊んでるって風景。ドロップって、きっとカップルだけでは食べない気がする。

東　あ、その方が自然ですね。

穂村　そうですね。まあ家族であれ、カップルであれ、空間は親密に閉じているという世界ですね。他人にとっては何の意味もない行為ですからね。

東　さびしい。

穂村・沢田　さびしいかなあ……。

穂村　それは君の心がさびしいからそう読むのでは？（笑）　さびしい歌じゃないよ、これ。

東　えっ？（再読して）「あたりはねこんどはそうだなれもんだな……」。

穂村　さびしそうに読むなよ！（笑）

東　分かりました。でも私どうしてもこれ、思い出すんですよ、サクマのドロップ。ほら『火垂《ほた》るの墓』の。あれ、中に妹の骨が入ってるんですよ。

穂村　「あたりはねこんどはそうだなおこつだな」。

東　ちゃかさないでください。

△○おかっぱのあたまの中をあけてみる　ああ花畑しかも菜の花（三十五時間も働いてしまった記念日）
長濱智子

沢田　ぼく、これ、笑いました。

東　《三十五時間も働》くのかあ、すごいなあ。歌では徹夜のあとのぼわーっとした感じがよく出ていますね。語彙《ごい》はノスタルジーですが、描き方がナンセンスですごく新鮮。

穂村　《ああ花畑しかも菜の花》の《しかも》がおかしいですね。

東　リズムが講談調で面白い。

沢田　《あたまの中》が「いちめんのなのはな」なのですね。極楽の図。「きいろ」って色にぴったしの世界だなあ。

△生まれくる孫に母はきいろのベビー服選びけり男でも女でも無難な色ゆゑにと
大塚ひかり

また大塚ひかりさん、「遮光土偶」の歌に続いての長尺ものです。

穂村　これはリズムはめちゃくちゃなんですが、ぼくは△でとりました。一見祝福のようなんですけど、よく読むと呪いのようにも見える。《無難》だから《選》んだ《きいろ》。《きいろ》って色の微妙さ、その気持ち悪さがよく出ている気がして。

東　中性的な色であるということで《母》は《選》んだのでしょうが。

穂村　女でもブルー、男でもピンクを着せた方がむしろ健やかな気がする。逆に《きいろ》を《選》ぶことにある気味の悪さというもの、祝福と呪いが表裏一体になってるような、そういう感覚があるなあ。たぶんそれは人間の「性」の本質に絡んでくるからかなあ。《きいろ》にぴったりの性別ってないわけだから。

沢田　それ、すごすぎる読みですねえ。

東　《ゆゑに》って表現にもそれが出てるのかな。

沢田　同じようなテーマでこんな歌もありました。こちらは「祝福」のみですが。

○　おしゃべりが上手になってわかったよ　赤とかピンクを着たかったって　井狩由貴

「きいろ」ってテーマを別の色から攻めた歌です。子供が言葉を使いはじめたときの驚きやうれしさの瞬間を見事にすくい上げてるのではないかと。

東　それを「色」という切り取りで表現できたのは発見でしたね。

沢田　もうひとつ、長い歌。

△　飛び乗れば　黄色の銀座線　見送る友にイーンして笑お　だってもう会えないかも　やまだりよこ

穂村　長いですね（笑）。定型を守りましょう、と言いながら、こういう歌をとっているんですが（笑）。《イーンして》がいいもんで。

東　三ヵ所の一字空けはどうですか？

穂村　効いてると思いますよ。ドアが閉まって、動きだして……感情がきれぎれになっている感じが出ているんじゃないかな。《イーン》って、なんかこう不充分な笑いというか、ちゃんと態勢が整ってなくて笑っているような感じ、感情の整理もつかないまま、電車は出ていく……、リアルですね。

沢田　ただ歯を剝《む》いて笑っているの図。《銀座線》の古ぼけた《黄色》が悲しいです。この歌、作者は「きいろ」というお題をもらって、まず《銀座線》を思い浮かべ、今度はそこからかつて体験したこんな光景、感情を思い出したのでしょうね。こういうのも「題詠」のなせるワザです。

○　レモン色黄色とちがうと主張する6才の姪クレヨン時代　　イタガキネイコ

穂村　これは《クレヨン時代》という造語が面白い、ということと、もうひとつは《レモン色》と《黄色》が《ちがう》と、覚えたばっかりの《姪》は《主張する》わけですよね。でもそれは大人にとっては自明のことだから、どっちでもおんなじでしょ、って言う。でも《姪》にとっては現にもらった《クレヨン》では二種類に分かれていて、それぞれちがう名前が書かれているから「ちがうんだ」と強く信じているわけですね。なるほど、突きつめて考えてみれば「イエロー」だって実際には百種類も千種類もあるかもしれない。たぶんあるんですよ。ただそれを人間が通常の感覚で認知できないだけでね。だから仮に自分の子供がこれとこれとこれとこれと……と、〝なんとかイエロー〟を全部見分けられたらどうなるんだ、とふと思う。色に限らず、音も匂いもそういうことはありますよね。現に犬とかの匂いのレベルはわれわれとちがうわけだから、当然感じている世界はちがうわけですよね。そういう感覚が背後にある歌です。もちろんここではそれを直接詠《うた》っているわけではないのだけれど。《クレヨン時代》って言葉によって、その《時代》が終わり、大人になったら、また色の認知が普通に戻ってくるという、現実の次元に納まるというニュアンスがありますね。

東　子供の使うクレヨンだからせいぜい十二色くらい、それで全世界が構成されているんでしょうね。

沢田　そうですね。最初十二色で、小学校半ばで二十四になり、三十六になり……そうこうするうちに大人になると、また減っていくんでしょうね。今じゃ、われわれ「緑」まで「あお」って言ってしまうじじい（笑）。あと、と同時に、ちょっと『ピーター・パン』や『メリー・ポピンズ』の世界を感じさせますね。大人には知覚できないたくさんの大事なもの。

穂村　時代によって土地によって、色は分類も呼び名もちがうんでしょうね。実際に大昔の日本人はものすごいたくさんの色の捉《とら》え方を持っていたみたいですから、現代人よりきっといい目をしていたんでしょう。

東　「瓶覗《かめのぞき》」色とかね。

○曲がり角　ぱっと広がる連翹《れんぎょう》の黄「どうぞ　ようこそ　待っていました」　大内恵美

沢田　東さん、○です。

東　黄色が非常に鮮やかですね。《連翹》の感受の仕方がユニークで独自の不思議な世界観のある歌だと思いました。読み返すと、どんどんうきうきしてきてうれしくなります。《連翹》って垂れ幕のようにわっとにぎやかに咲いてますもんね。しかも春先に。

沢田　さっきの「さようなら」の歌に対して、この《どうぞ　ようこそ　待っていました》って表現は、確かにうれしくさせてくれますね。ぼくなら、「ドウゾヨウコソ待ッテイマシタ」とカタカナにするかな。ニュアンス全く変わりますが。それから、

　マンネリの夕餉支度に魔法でもかからないかとイエローマーガレット　小菅圭子

無印ですが、ぼく、これ推します。《魔法》が《イエロー》という言葉とうまくシンク

ロしている感じがして。その向こうに『オズの魔法使い』や『奥さまは魔女』の世界もほの見えてきました。

東　なるほど、その響き合いはポップですね。確かに『奥さまは魔女』的チャーミングさがあると思います。でも《マンネリ》はどうかかな。最初にオチをつけちゃった感じかな。

△◎開けた窓昼寝の2人陽のきいろまぶたににじんだ夏　早く来い　ねむねむ

沢田　東さん、◎。穂村さん、△。

東　いいなあ、まぶしいなあ、とほのぼのとなつかしい気持ちで読みました。情景をたたみかけるように描写していて、リズムも心地よかったです。とても印象に残りました。

穂村　たぶん簡単に書いてるんでしょうけどね。

東　この《開けた窓》《昼寝の2人》《陽のきいろ》ってたたみかけ感……こういう技法、なんて言うんでしょうか？

穂村　「よこはまたそがれ」技法（笑）。

沢田　よこはまたそがれ、ホテルの小部屋。

穂村　口づけ残り香。

沢田　タバコの煙。

東　もういいです（笑）。この歌、なんとなくフランス映画のけだるい夏のイメージがありますね。それから、《早く来い》も効いてる。実は思い出であり、希望だったんだとここで分からせる。ラストの急展開が、うまい。

沢田　こんな評があります。「恋をしたくなりました。でも、私が実行できるのは窓を開けるだけ。でも、この歌のおかげで心地よい《きいろ》の適温さに気がつきました」（長濱智子）。

東　「《きいろ》の適温さ」、というのはとてもいい読みですね。

沢田　ねむねむさん、もう一首。穂村さん、△。

△　体温の色見た気がした風の午後どこまで歩こう肩触れ離れ　　同

東　なんか読んでですーっとからだに入ってくる感じがありますね。

沢田　ねむねむさんの歌、やわらかいですね。

穂村　女性ですよね。性格もやわらかいのですか？

沢田　ノーコメントです。

穂村　お仕事は？

沢田　美人ＯＬ。

穂村　美人が仕事なの？

沢田　二十代、とだけ言っておきましょう。

穂村　だいたい女の人の方が感覚がいいんですよね。プロもアマチュアも。
東　そうですね。って、私が言っちゃっていいのか。
穂村　プロの歌人が十人いたら、そのうち八人は女性。
東　男の人って、どこか前頭葉で詠んでるって感じはありますね。
穂村　そう。どうしても頭で詠むのね。責任感があるからかな（笑）。ギャグならギャグなりに責任をとろうと思うからダメなんだろうなあ（笑）。
東　その「責任感」ってところがもうねえ（笑）。
穂村　責任感と詩は無関係だものね。そりゃもう性差だろうなあ。女は溢《あふ》れっぱなしなんだもんなあ。
沢田　短歌に向いてますね。
東　沢田さんの歌もなんだか責任感強そうですもんね。
沢田　主宰！　ですからね。
東　まさに責任感。立派な感じがあります。
沢田　バカにされてるみたい。
穂村　ですね。
東　してません！
沢田　千葉すずさんの「古田の歌」なんてつくづくうらやましいなあ。

ワイン

イラスト＝益子直美
（スポーツキャスター）

まったりとしたお題にしてみました。日頃から飲んでいる人と、あまり飲まない人。ぱっきりと二通りに分かれ、最近流行《はや》っている「ワイン」というお酒に対する距離感が如実に出たようです。

この頃から、メインの同人の歌心が溢れはじめ（ねむねむさんに言わせると「口から万国旗が出るように歌が出てきた頃」）、キャラクターも確立されて、各地で短歌が飛び交うなど、頼もしい限りでした。

四十五人八十四首の題詠に、十五人四十首の自由題がプラス。穂村・東選歌も三十六首が選ばれた、とても元気のいい号です。お題はほかに「ちまちま」「車輪」。

「ワイン」十七首＋十九首

◎空豆もとろとろねむれシャンパン日和ひなたのにおいに顔をうづめて　吉野朔実

◎この空間《セラー》ぼくは好きさと深呼吸ボトル毎《ごと》がきみの細胞　さき

△○「フリュート」とふ音《おん》美しきシャンパーニュグラス壊せり　終わり始まる　沢田康彦

○　蜩真昼の指先がシャンパンに氷を入れたのは秘密　吉野朔実

○　あのワイン懐かしい人夢の人同《おんな》じように名前がでない　渡邉晴夫

○届かない　いくつも信号　いくつもの　グラスとワインとグラスのむこうに

○晩秋の夜のたき火に赤ワイン冷えないようにグラス抱きしめ　ねむねむ
○今朝やっと箸でそら豆つまめた君とグラスを交わす日夢ワイン　坂根みどり
○モーツァルトの長調さえもいやになる気抜けエドシック露に抱かれて　井狩由貴
△△ワインならまかせなさいと云い乍らグラス倒すかこのタコおやじ　沢田康彦
△グラス底くるくる円《まる》を描きながら「ねこがほしい」と上目づかいに　本下いづみ
△君が飲む赤い灯火をめざす我テーブルクロスの波を渡りて　欣末子
△時がたち澱が沈めばひとゆれで澱が又たち又待たされる　ねむねむ
△ビール狂体に悪いと改心しワインに変えるもアンドレは死す　中村稜
△ききワインやったはよいが当てられずだけどよゆうな川島なお美　ターザン山本
△あなたとね飲みたいワイン今はないただあなたとね飲みたいの今　宇田川瞳
△銀色のシンクに流す赤ワインどっちが買ったか今は忘れた　古錐
　那波かおり

「ちまちま」

△◎内容はとてもいえない封筒にちまちまと雨にじむ水無月　春野かわうそ
○　キンメダイ骨につく肉ちまちまとけずりし彼は我の父なり　ねむねむ

「車輪」

△○西へ西へ西への思ひなかばして車輪幾千熱き海落つ（熱海に向かう新幹線の中にて）　春野かわうそ

△△図書室の　パルプ印刷瞳燃ゆる　西日もろとも車輪の下敷き　電熱器

△　水平線　金の車輪を戴いて　時刻表読む　一つ目のニコラシカ　同

△　現像された飛行船水面にかしぐ車輪はオレンジの波紋　冷蔵庫

△　泥まみれのレスリング入門と横浜ゴム製タイヤ楽しく転がる　同

「自由題」

△○お好み焼好きすき焼も好き好きブラームスも好き君も好き　春野かわうそ

△△カメラから取りだしたまま忘れてたフィルムの中にはとじこめた冬　鶯まなみ

△△そういえばおふろあがりのうちの犬ゆでソラマメのにおいに似てた　同

△　ヤカンから麦茶を入れる幼な子はあふれ出しても注ぎ続けてる　坂根みどり

△　これられてまた一つになる人形《ひとがた》の粘土の如く二人真夜中　稲葉亜貴子

△　これまでに三たび食事を共にして大根サラダが好みとわかる　鶯まなみ

△　ヒマすぎて玄関あけたらネコ来ててにぼしをだしに遊んでもらう　同

△　妹とケンカしてても庭にでてなめくじ見せれば勝ったも同然　同

△おれなんかいわしだしかもひえきったたたみいわしの中の一匹　沢田康彦
△あなたはいわしの骨よとびきりの　弱くしなって刺さると抜けない　ねむねむ
△風穴の熱き心にこそ開《あ》けり弱き者たちの甘きスフレ　電熱器
△木漏れ日でラインを飛ばす楽しみを知った私は今日も手をふる　大坪未紀

＊

沢田　この号は応募数も多く、たくさん印をいただきました。
穂村　東さんが○をつけてる、

○届かない　いくつも信号　いくつもの　グラスとワインとグラスのむこうに　ねむねむ

うまいですね、この感覚。現実に見えてる光景とか、遠くにあるものと近くにあるもの、そういうものの距離感が、言葉のつながりによって心の距離感にシフトしてるっていうのかな、心の状態をうまく優先させている。これがねむねむさんの能力なんでしょうね。現実にあるものをちゃんと見ていながら、心の方の距離感をうまく言葉の中で優先してしまう。普通はこれがなかなかできなくて、現に見えているものをどうしても書いちゃうんですけどね、彼女はそれをうまく無視できる。たとえばこの歌で言うと、まず初めに《届かない》と言葉を持ってくるという判断とか、あるいは《いくつも信号》と書いたとたんにもう一度《いくつもの》という変な言い方を持ってくるやり方なんかすごくうまいですね。普通一回《いくつも信号》と書いたら、次にちがうものを書いちゃうんです。これは、さっきも語ったけど、東さんの能力とほとんど同じで、平然ともう一回こう《いくつもの》ができるという（笑）。それから、《グラスとワインとグラスのむこうに》。ま、これはある程度できるところだけど、グラスの方がたぶん数が多いと思うんだよね、そういうことを示せる感覚。ガラスの向こうの景色とか、そういう情景すべてが見事に伝わってきますね。

東　ぶちぶち切れるような一字空けが効果的で、緊張感とくらくら感を表しているのでしょうね。酔って、視線が泳いでしまうような。

△　君が飲む赤い灯火をめざす我テーブルクロスの波を渡りて　同

穂村　これも同じですね。心の距離感によって、本当は近くにあるものを遠い感じに書いている。《めざす》という動詞を使うとか、《テーブルクロス》を《波》に見立てることで、心の距離感の遠さを表現しています。

沢田　向かい合わせでワイン飲むとき、遠いんですよね、相手は。飲めば飲むほど、好きなら好きなほど、だんだん遠くなっていく感じがあります。
東　やっぱり少し酔ってる感じがありますね。
沢田　船酔いと酒酔い感、でしょうか。やっぱりワインは横並びに座って飲んだ方がいいと、強く主張したいですね（笑）。

翌朝に鏡を見てはあらためて飲み過ぎ気づく黒いくちびる　京

穂村　これは先にお話しした、律儀すぎるとか、主観や認識を出しすぎるという問題に関わるということで、敢えて触れますね。この歌は事実そのままに近い表現だと思うんですが。短歌としては、詩的なところをクローズアップしたくて、散文的なところは抑えたいわけですよね。そう考えるとここでは《あらためて飲み過ぎ気づく》と言わなければいけない理由が全然ないんですよ。
沢田　これは散文表現だということでしょうか。
穂村　はい。これは認識の提示にすぎないわけです。詩的には《鏡》の中に《黒いくちびる》があったということだけが重要なんですよ。それさえあれば読者は自然に《飲み過ぎた》のかとか、体調が悪いのかとかというネガティヴなことを考えるわけで、《あらためて飲み過ぎ気づく》と説明することでここから謎が奪われてしまう。だからこれをやるんだったら、たとえば「昨晩のグラスの響き蘇《よみがえ》る鏡の中の黒いくちびる」ってふうにやるとか、とにかく下の句に「鏡の中の黒いくちびる」と決めちゃって、上の句を何かやりたいようにやるというのがひとつのセオリーでしょうね。鏡の中に黒いくちびるがあったっていう非常にいいイメージを捉《とら》えていながら、それを説明してしまっているために詩的なインパクトを消しちゃってるんですよ。誰でも普段の言葉の使い方は、こういうことを要求されているわけですよね、社会的には。だからその癖で書いてるんだと思うんですけど、短歌の場合はそういうものは一切必要とならないんです。

沢田　豊かな社会性がアダになる、おそろしい世界……。

△〇「フリュート」とふ音《おん》美しきシャンパーニュグラス壊せり　終わり始まる

沢田康彦

穂村　主宰は、ついに《とふ》って短歌的表現も、ものにしちゃいましたね（笑）。

沢田　「という」だと三語になって気持ち悪いもので。責任感があるもので。

東　全体を覆うアンニュイな雰囲気がお題の「ワイン」をよく伝えていますね。かっこいいなあ。よすぎる（笑）。

穂村　ええ、これは二人とも印をつけてるいい歌だと思いますが、あ、《とふ》と旧かなでやるなら《終わり》は「終はり」ですね。

沢田　あ！

東　旧かなは、大きめの辞書ならカタカナで小さく載ってますよ。

穂村　ただ、さっきの「黒いくちびる」の歌に比べて微妙なんですが、これもあれにちょっと近いところがあって、《壊せり》という意志を見せるかどうか考える余地があると思う。「黒いくちびる」の歌は、主観を隠した方がいいと思うけど、こっちは微妙なんですよね。原作の方がもしかしたらいいのかもしれないけど、でも「くだけて」みたいにやる手もあるかな、と。

東　全く意志を入れないやり方ですね。

沢田　「壊れり」は考えたのですが。

穂村　「壊れぬ」かな。でもぼくなら、くだけて、終わりが始まる。

東　なるほど。でもまたそれはそれで平凡になっちゃうかもしれませんね。

穂村　だから、こっちはそこまで絶対こうだとは思わないけど。ただ、ここで言いたいのは、常に歌を作るとき、そういう主観と客観のありようを念頭に置く癖というか、行動をはっきり示すということに対するためらいがほしいんですよね。たとえば、同じ沢田さんの歌、東さんは○印でとってらっしゃいますが、

○モーツァルトの長調さえもいやになる気抜けエドシック露に抱かれて　同

ここにも《さえ》が出てますよね。これも致命傷にはなってないから、必ず当てはまる

わけではないんだけど、でも一応そのとき、ここで《さえ》って書くってことに対する決断がほしいわけですよ。「さえ」は要注意なんだっていうことを理解した上で。

沢田　自意識が過剰に出ちゃうんですね。

穂村　そうなんです。つまり《モーツァルトの長調》は本来素晴らしいものだ、なのにそれ《さえも》っていう認識が出ちゃうんです。その認識は正しいんだけれど、詩を浮上させるときには逆効果になることがあるんです。

東　きちんと書いちゃうんですね。

穂村　そう、きちんと書いちゃうんです。みんな基本は同じなんですね、律儀すぎるということも《さえも》とかって言葉を使っちゃうということも、みんなきっちりきっちり押さえていこうという意識の表れ。

東　だけどわりあい吉野朔実さんもそうですね。

穂村　そうですね。吉野さんは女性としては律儀ですね。ちゃんと《右の窓から》と来ると《左の窓から》ってやる。

東　理知的なんですね。

穂村　そう。東さんだと、「右の窓から」って来て、「天井から」とかってやるんだよね（笑）。

東　逆にそれしかできない。吉野さんの知的な緊張感にあこがれるのですが。

穂村　あとここでついでにつけ加えておきたいんですが、さっきの沢田さんの「フリュート」の歌で〝句またがり〟があったので。

沢田　三句目の《シャンパーニュ》と四句目の《グラス壊せり》の部分ですね。「シャンパーニュグラス」というひとつの単語が二句に渡っている。

穂村　そうですね。昔の歌だと、

・やは肌のあつき血汐にふれも見でさびしからずや道を説く君　　与謝野晶子

のように五七五七七の切れ目と意味の切れ目が一致するものが多かった。つまり《やは肌の／あつき血汐に／ふれも見で／さびしからずや／道を説く君》ですね。ところが現代の、特に塚本邦雄以降の歌では、それを意識的にずらす技法が使われるケースがあるんです。これが「句割れ」とか「句またがり」といわれるもので、たとえば、

・わからないけれどたのしいならばいいともおもえないだあれあなたは　　俵万智

なんかだと、句の切れ目でこれを区切ると、《わからない／けれどたのしい／ならばいい／ともおもえない／だあれあなたは》となって意味がバラバラになってしまう。けれど、これはもちろんわざとやっているわけです。リズムと意味の二重性を読み手に意識させることの効果はさまざまですが、この場合だと、《だあれあなたは》という不安な問いかけ

に至る、ためらうような、じらしながら読者を巻き込むような、独特の韻律の効果が生まれていると思います。晶子の《さびしからずや》の迷いのない問いかけとは、内容だけでなくリズムの面でも対照的ということですね。

沢田　吉野さん、シャンパン二首です。

東　句またがりはのりしろのように言葉をつなげて独特のやわらかさが出ますね。

○　蜩真昼の指先がシャンパンに氷を入れたのは秘密　　吉野朔実

穂村　《蜩《ひぐらし》》の聴覚、《指先》の触覚、《シャンパン》の味覚などの感覚の複合によってある親密さをうまく表現していますね。《指先が》とだけ書いて「私」の姿を消したのも見事です。

沢田　ミルンの『赤い館《やかた》の秘密』という真夏を舞台にした推理小説を連想しました。

◎空豆もとろとろねむれシャンパン日和ひなたのにおいに顔をうづめて　　同

東　これも好きです。《とろとろねむれ》。あたたかい午後の雰囲気が出てますね。おだやかな陽の光が手にとるように感じられて、うたた寝にもっともふさわしい光だなあ、なんて思いました。

沢田　気持ちのいい歌です。

東　「空豆」人気ね。

沢田　こちらも、「空豆」。

○今朝やっと箸でそら豆つまめた君とグラスを交わす日夢ワイン　井狩由貴

普通《夢ワイン》と言うと、ロマネコンティとかの「あこがれのワイン」のことを指すのですが、こういうすてきな「あこがれ」もあったんですね。

東　一見恋歌、実は親子の愛の歌、ってところが面白い。

沢田　鶯さんも自由題でたばにして「空豆」詠んでます。

ソラマメはふかふかふとんにくるまれて幸せいっぱいゆでるとくさい　鶯まなみ

なんだっけなんか知ってるこのにおいもわっと湯気立つソラマメを嗅ぐ　同

△そういえばおふろあがりのうちの犬ゆでソラマメのにおいに似てた　同

あと、別の回にも、

○△「空豆の塩ゆで好き」におどる心　崖っぷちすでに　やまだりよこ

という歌もありました。

東　寺山修司にも有名な歌がありますね。

・そら豆の殻一せいに鳴る夕母につながるわれのソネット　寺山修司

私も、

・「そら豆って」いいかけたまままそのまんまさよならしたの　さよならしたの　東直子

というのをずいぶん前に作りました。

沢田　詠みやすいお題なんでしょうか。何号かあとでやった「芽きゃべつ」ってお題もみるみる短歌が集まりましたが。

東　思わぬテーマがヒットすることって、よくあるんですよ。「空豆」も「芽きゃべつ」も日常的な食物でありながら、そのユニークな形やきれいな色に独特の詩情があるような気がします。人は丸いもの、好きなのよ。

◎この空間《セラー》ぼくは好きさと深呼吸ボトル毎《ごと》がきみの細胞　さき

沢田　東さん、◎です。

東　《空間《セラー》》と《ぼく》と《きみ》との微妙な一体感、親密さの表現に惹《ひ》かれました。ふくよかな香りのする恋の歌ですね。いずれ《きみの細胞》になる、ワインがいっぱい詰まっている空間……。《空間《セラー》》とワインと《きみ》がとけあっているような構図が面白いと思いました。

沢田　ワインセラー自体が《きみの》カラダになってるってことですね。

東　空間自体に生命感があるんですね。空間がひとつの生命体で、ワインのボトルが脈打っているみたい。

沢田　こちらは○。

○晩秋の夜のたき火に赤ワイン冷えないようにグラス抱きしめ　坂根みどり

東　作品に込められた心情がなにしろ可愛かったので……。《たき火》の赤と《赤ワイン》の赤、《晩秋》の紅葉、ニュアンスのちがう〝赤〟が美しいと思いました。

沢田　《晩秋》だと、野外のワインってかなり冷え切ってしまうんですよね。ボルドーなんかだとシブくなりすぎる。ちゃんと体験して詠んだ歌なんでしょう。次の歌は、穂村さん、○ですね。

○　あのワイン懐かしい人夢の人同《おんな》じように名前がでない　渡邉晴夫

穂村　これは《懐かしい人夢の人》って言い方が面白くって。《懐かしい人》っていうのは実在の人で、《夢の人》というのは非在の人で、それを同一視しているところ。小《お》椋《ぐら》佳《けい》の「揺れるまなざし」って歌の「めぐり逢《あ》ったのは　夢に見た人ではなく　思い出の人でもない」っていうのと全く同じなんですけれども、あれ聴いたときに、ぼくちょっとヘンな気がしたんですよね。「夢に見た人」はもともといない人で「思い出の人」は実在した人じゃん、って。その境を無視することで、不思議な感覚が浮上してくる。

東　ええ。

穂村　《懐かしい人》は忘れているから出ないんだ、《夢の人》ってもともと名前がないから出ないんじゃないかと。

東　ワインのほろ酔いかげんも伝わってきますね。

△　グラス底くるくる円《まる》を描きながら「ねこがほしい」と上目づかいに　欣末子

穂村　読んですぐ分かる情景なんですけど、たぶん意識下に《くるくる》と《円《まる》》と《ねこ》と《上目づかい》っていうのが同時に見えて、《ねこ》の目の感じ、瞳孔《どうこう》の感じが微妙にこっちに伝わってきますね。

沢田　全部が曲線でできたような歌ですね。エッチ感があります。夜のワインバーあたりで《「ねこがほしい」》と言ってるとしたらおかしい。妙にリアルだ。それから、次のこれ、高級ワインの歌っぽくて、ぼくは好きです。

△　時がたち澱が沈めばひとゆれで澱が又たち又待たされる　中村稜

穂村　《待たされ》ている時間の経過を《澱《おり》》で計る、砂時計ならぬ「澱時計」というか、その感覚が面白いですね。本来目に見えない時間を、目に見えるものに置換しているところがポイントですね。

沢田　またまたターザン山本さん。

△　ビール狂体に悪いと改心しワインに変えるもアンドレは死す　ターザン山本

穂村　これは、《ビール狂》の《狂》とか《改心》とか、ちょっとずつ言葉が重いんですよね。その異化感覚が面白い。

東　アンドレって誰ですか？

穂村・沢田　アンドレ・ザ・ジャイアントです。

東　ん？

穂村　〝人間山脈〟ですよ。

沢田　〝一人民族大移動〟ですよ。

穂村　モンスター・ロシュモフですよ。

東　ん？　ん？

沢田　次、行きましょう（笑）。

現在と昔を結ぶコルク片想《へん》いを込めてスクリュー廻す　何尾《なお》

ソムリエの詠んだ歌です。那波さんからの評。「ボトルの中には、ワインだけではなくて昔の空気もつまっているのね。目のつけどころがすてき」。

東　《コルク》の内側と外側の空間の差を、時間の差と捉《とら》える感性はワインを大事に管理しているソムリエだからこそ出てきたのかもしれませんね。「ワイン」というお題だと、ワインの向こうにいる恋人を詠むことが多いですが、これはワインそのものに対する愛がありますね。

沢田　こういう評もありました。「これは〝片想い〟との掛詞《かけことば》でしょうか？　そうだとしたらさらに驚嘆です」（石原仁）。次の歌、

△　ききワインやったはよいが当てられずだけどよゆうな川島なお美　宇田川瞳

予想通りいくつか投稿のあった「なお美もの」ではいちばん笑えました。

穂村　《川島なお美》を知らなくても、なんかキャラクターが分かるという歌ですね。

沢田　これ《だけどよゆうな》っていう安っぽい表現がいいなあ。同人評で、こんなのがありました。「《川島なお美》を田崎真也や江川卓に替えても、それなりのニュアンスのちがいが楽しめる所が良い」（針谷圭角）。

このワインシリーズ、ほかにも笑わせてくれるものがけっこうありましたねえ。

△△ワインならまかせなさいと云い乍らグラス倒すかこのタコおやじ　本下いづみ

穂村　《おやじ》の様子もよく見えるんですけども、作者の性格が見える歌ですね。

東　本下さん、どんどん性格が出てきてますね。

穂村　普通《ワインならまかせなさいと云い乍ら》という言葉のあとなら、「銘柄を知らない」とか「葡萄《ぶどう》を知らない」とか続くものだろうけど、そういうことじゃなくって全然次元がちがうじゃないですか。ワインまかせろ、ってことと、《グラス倒す》ってことは。その次元のちがいを《タコおやじ》って言葉でうまく表現してる。

東　下の句でカラダの動き、アクションが入って、動的な展開になっているところがいいですね。

穂村　リアルですね。こういう人、いるんだろうなあ。

沢田　あちこちにいますよ。ぼくも気をつけよう、と思いました（笑）。本下さんでは次の歌も笑ったなあ。お二人は無印でしたが、ぜひ入れておきたい歌。

「お母さん。結構イイの飲んだでしょ」オッパイ飲みつつ我娘《わがこ》が語る　同

穂村　ちょっとホラーですね。これは全く経験のないはずの《我娘《わがこ》》が、かなり経験値が

なければ絶対に出てこない知識をいきなり口から出すという、ギョッとするという話かな。

沢田　《お母さん》の見た幻ですかねえ。《結構イイの》って乳児の世馴《よな》れた表現もグーです（笑）。シュールな歌だなあ。

東　アルコールって直《じか》に母乳になるらしいので、きっとそういう意識は働いたんでしょうね。

沢田　赤ん坊にシャトーラトゥールを見破られた母の歌。歌壇的にはダメでも、『猫又』的にはオッケーです（笑）。

東　とにかく思ったことで作ってみる、これが大事だと思います。

沢田　この号あたりから、お題以外に、別のお題での分派会や自由題がたくさん集まってきました。こういうのを〔猫舌〕というコーナーにまとめることにしたんです。

東　元気のいい、面白い歌が集まりましたね。たとえば、

△○お好み焼好きすき焼も好き好きブラームスも好き君も好き　　春野かわうそ

リズミカルなたたみかけのすべてが《君も好き》に収束されている構図に想いがひたすらこもっていて、見すごすことができない歌ですね。

穂村　これはけっこう考えてある歌ですね。《お好み焼》の「好み」、それから《すき焼き》の「すき」、それから「ブラームスはお好き？」』の本歌どりというか、それを全部

《好き》でつないで、結局言いたいことは「《君》が《好き》」。

これを読んだときに連想したのが、

・焼き肉とグラタンが好きという少女よ私はあなたのお父さんが好き　俵万智

という歌でした。ぞっとする世界（笑）。《焼き肉》《グラタン》と《お父さん》を同列にするなよ。

東　エグいですよね。リアルで。

穂村　不倫したらぜひ言いたくなるようなコワい歌。

東　不倫をテーマにしたと評されている『チョコレート革命』の中でも特に印象的な一首でした。

穂村　春野さんの歌の方は、《君も好き》というもっとまっすぐな思いですけどね。

東　描き方がおしゃれですね。

沢田　電熱器さんと冷蔵庫さんというフザけた名前の方々が、「車輪」をテーマに難解な歌を詠んでらっしゃいます。

△△図書室の　パルプ印刷瞳燃ゆる　西日もろとも車輪の下敷き　電熱器

△　水平線　金の車輪を戴いて　時刻表読む　一つ目のニコラシカ　同

△　現像された飛行船水面にかしぐ車輪はオレンジの波紋　　冷蔵庫

△　泥まみれのレスリング入門と横浜ゴム製タイヤ楽しく転がる　　同

　これを読むと、このお二方は確実にひとつ穴のムジナである、と（笑）。

穂村　二人ともこのペンネームにふさわしく、感情の直接表現を避けていますね。ただ、「物」でうまくひとつの世界をひらけているかというとやや錯綜《さくそう》していて、完全にひとつの像として立ち上がってはこない。たとえば一首目の「図書室の」ですが、これは何かなあ、《パルプ印刷》は本なのかなあ、それを熱心に読んでいて、《西日》が差しているから目が《燃》えているのか。《車輪の下敷き》は読んでいた本が『車輪の下』なのかとか、そのあたりの感じなんですけど、なかなかひとつの映像にまとめることはできませんでした。この中でいちばんいいと感じたのは、最後の「泥まみれの」、これは俳句でいうところの「二物衝撃」という手法に近いと思うのですが、《レスリング入門》と《横浜ゴム製タイヤ》というふたつの異質なものをぶつけてるんですね、詩的なレベルで。《楽しく》がちょっと主観の出方として唐突かなあって感じがしますね。分かるんですけど、二物衝撃でモノだけでぶつけていって世界を立ち上げようとしてるんだったら、この主観はちょっと邪魔かなって思うし、逆に《楽しく》をやりたいんだったら、もうちょっとここにスペースを使わないと伝わらないかな。ただ《レスリング》と《タイヤ》のどこか似てる感じ、両方にかかる《泥まみれ》《転がる》っていう言葉の使い方など、かなり高度な歌だというふうに思います。ちょっと惜しいかなあ……これぼく、同じ素材をもらって作りたいくらい。

東　現代詩のようですね。前衛的。

沢田　ここのコーナーだけ『猫又』的には異色でした。

穂村　ハードですね。

東　言葉のパッチワークのような。こういう歌でコラボレーションなんかをどんどんやってもらいたいです。

穂村　写真とかイラストを添えたくなりますね。

東　同じ「車輪」でもう一首。

△○西へ西へ西への思ひなかばして車輪幾千熱き海落つ（熱海に向かう新幹線の中にて）

春野かわうそ

なんだか、心が入ってるな。熱い想いが熱く伝わってきますね。激しい希求の心と強い喪失の予感に惑う心……。どんなに体がボロボロになってもたましいは西へ。

沢田　これ、「熱海」って文字を入れ込んでるんですね。

穂村　それがよかったんですね。そういう制約――「熱海」っていう言葉を折り込もうとしたから——、それによって、逆に心の中にあるものが浮上してきたのじゃないかなあ。
東　「題」の御利益《ごりやく》というやつですね。

△◎内容はとてもいえない封筒にちまちまと雨にじむ水無月　　　同

《ちまちまと》がとてもよかったです。きっと恋文なんでしょうね、その封筒の中身の複雑さを暗喩《あんゆ》しながら、その封筒にかかる雨の様子を表していて、とてもうまい表現だと思いました。文字のにじみ感で《ちまちま》を捉えるというのは短歌的感性ですよね。短歌はこんなふうに非常に些末《さまつ》なことから不思議な詩情を引き出すこともできる詩の形だと思うんです。
穂村　「ちまちま」のお題はこれもいいよ。

○　キンメダイ骨につく肉ちまちまとけずりし彼は我の父なり　　　ねむねむ

これ、《キンメダイ》というのが当たりなんですよ。
沢田　《キンメダイ》、がですか？
穂村　《キンメダイ》は魚で、金の目の鯛、ってやつですが、どのくらい意識的か分からないのですが、これを選択してしかもカタカナで書いたのは非常にいいと思いました。《キンメダイ》という魚が、こういう食べにくい魚なのかどうかぼくはよく分からないのですけど、そうじゃない角度から見たとき、まず感じたことがあって、これは「金」の「メダイ」という読みができる。で「メダイ」って何かというと、「メダル」のことでもあるんですよね。

沢田　フランス語で「メダーユ」って言いますね。

穂村　ええ。「メダイ」はポルトガル語かな。キリスト教用語としては「御《お》メダイ」とか言うはずですが、イエス・キリストとかマリア様とかの肖像を写したメダルのことですよね。だからこの歌の《キンメダイ》からは魚と同時に、金のメダルでしかもそこに肖像が彫ってあるというイメージが喚起されて、そうすると《骨》と《肉》、それから《彼は我の父なり》という表現……これはあの「天にまします我らの父よ」というときの《父》のイメージを引き出し、全く別次元の世界を作り上げてしまう。ここに実際に描かれている日常の光景と、もうひとつの宗教的な次元というものの落差が非常に大きくて、しかも二重に表現されている。そういう点でこの歌をすごいと思いました。

沢田　そこまでねむねむさんはねらったのかな？

穂村　本人が全然意識してなかったとしても、やはりそれは実力だというのがまあ一種の定説のようなもんで。現にあったことを詠んだだけだと言っても、やはり優れた作家は不思議にそういうものを引き寄せてくるということがありますから。

沢田　これ、「アオブダイ」じゃダメなわけですね（笑）。娘が日曜日とかに、父のちまちま魚をほじっている姿をコミカルに詠んでるだけじゃないのかあ。いとおしく、でもちょっと意地悪になって。

穂村　基本はそうでしょうが、ただそれにしては《彼は我の父なり》という文体はちょっとおかしいですよね。

沢田　宗教までは感じませんでしたが、ただ《キンメダイ》からは「金歯」や「メガネ」、《骨》とかから痩《や》せた人のイメージを想起しました。お父ちゃん像だけど、ちょっと老いていってるかなってさびしい感じもありますね。《父》に対する娘の微妙な距離があって。

東　これ「ちまちま」ってお題でしょ。その題から魚をほじくる《父》を浮かべたのは見事ですね。題を捉えている。魚の骨をひっくり返して、頬のあたりもきちんと食べてる感じ。

穂村　いいお題でしたね。

沢田　ちょっと個人的な話をしますと、この頃、このねむねむさんとファックスで歌を送り合うということをしてたんです。たとえば、

△　おれなんかいわしだしかもひえきったたたみいわしの中の一匹　　沢田康彦

という「サエないオレ」の歌をねむねむさんの会社に送ると、しばらくしてぼくのオフィスに、

△　あなたはいわしの骨よとびきりの　弱くしなって刺さると抜けない　　ねむねむ

という素晴らしい励ましの歌を返してくれたりして、とてもうれしかったもんです。もうこの人と結婚しちゃおうかなあ、なんて思ったくらい（笑）。してませんが。

東　なるほど。これは楽しそうだ。

穂村　この「たたみいわし」、可愛い歌ですよね。まあここまでイジけるか、という感じがしますが（笑）。またここまでイジけたのをよくこんなにうまく励ましたなという感じ。

東　うーん、うまいですよねえ、この返歌。これは心動きますよね。

穂村　《弱》いけれども《しなって》いて《刺さると抜けない》わよ、という。

沢田　恋人たちのようでしょ？

穂村　もともと歌にはこういう贈答性があるわけで、「相聞歌」という本来の意味が歌を贈り合うということですから、まさにこの遊びは本質的な短歌世界ですね。《おれなんか》で始まっている歌に《あなたは》で返してあげる、真正面から行く優しい感じ。こういうことやってると、そのうち本気が入ってくるんですよ。いいなあ……。東さんとは二百首以上交換しているけど、ぼくら関係性は全然変わりませんねえ（笑）。

東　励ます、という発想がないもん（笑）。

カラス

イラスト＝本上まなみ（女優）

カラスは嫌いだから詠まない、という人もいましたが、そういうふうに積極的に嫌いな存在は、やっぱり大事にした方がいいのだと無理矢理詠ませたりしました。

かあかあ、と、朝も夕べもものすごく身近にいるのに、とても遠い存在。ちゃんと見つめたことがありますか？　種類、羽根の色、目の輝き、動き……分からないときはまず観察です。

別に愛さなくてもいい、嫌いなままでいいけれど、そういう生き物をきちんと詠んでみることで、あなたの像が浮かび上がります。

三十四人七十一首の題詠に、自由題二十人八十五首の計百五十六首。そこから今回四十五首が選ばれるという、最優秀号となりました。お題はほかに「失楽園」「トマト」「ゆば」「日焼け」「飛ぶ」「ハワイ」「パスタ」「ボイン」「たじたじ」「ささくれ」。

「カラス」二十四首＋二十一首

△◎晴ればれと歩む私の頭上からふってくるカラスもうどうなってもいい　湯川昌美

○△風止みて鳴き渡りたる鳥の声眠られぬまま夏の日始まる　本下いづみ

△○ク、ク、ク、ク、ク、ク、黒いカ、カラスはウ、ウ、ウ、うるさいあっちに行けよお　ターザン山本

△○明け方の木立すずしき中庭に青いビー玉くわえしカラス見ゆ　欣末子

○行水の盥の外に汗疹の子　烏仰ぎて〃どん〃と尻餅　本下いづみ
○ねむたげな君の横顔懐かしい薄紅いにカラスなく朝　鶴見智佳子
○公園に老婆が二人日向ぼこカラスと同じ方を向いてる　梅田ゆに子
○土を掘るきみと金魚を埋めるためカラスばかりがお悔やみにくる　那波かおり
△ラスカルのカラス見てから友達になりたかったな今でもずっと　坂根みどり
△捨てるのか拾うのか烏ニクロム線くわえて歩いているが　宇田川幸洋
△はらはらと空から白い羽根落ちる屋根でカラスがハトを食べてた　大塚ひかり
△この次は孫で産まれて私に抱かれカラスの頭で考えてたこと聞かせておくれ　福井若恵
△カラス見て「かわいいなあ」と話す子の瞳に映る私何色？　小菅圭子
△どれほどの重みとぬくもり伝わるかからすこの手に抱く幻想　湯川昌美
△歯がなけりゃおまえはまるでと言われてた子供の私真夏の私　長濱智子
△大ガラス〃けんけんぱあ〃で遊んでる怖くて出られぬ玄関の前　安斎喜美子
△六甲の夕べの雲にカラス二羽何もないけど天国の日々　やまだりよこ
△炎天下電信柱のてっぺんでぼうず頭のカラス睥睨　元
△氷かむ君のうしろの窓四角カラス横切る八月早朝　ねむねむ
△水晶体猫じゃらしまみれ蟻まみれつついて笑う七つ子のカラス　吉野朔実

△　森深く吾子は羽根を拾いおり黒い花束母に捧げんとして　那波かおり
△　目覚めれば空かき曇り眼前にハシブト一羽瞳濡らして　沢田康彦
△夏空に飛んだカラスの付《つ》け黒子《ぼくろ》見えなくなるまで狙い続ける　吉野朔実
△誰ひとりカラスのことなど気にかけぬ満員電車の私も独り　鶴見智佳子

「失楽園」

◎○てのひらが溶けて流れる夢を見た今日はたくさん水を見たから　ねむねむ
△　故郷《くに》着きし吾に母声ひそめ「たもっちゃんとこ失楽園してはんねん」と言へり　沢田康彦

「トマト」

○　この夏はなぜか少ない蟬の声トマト喰い喰い窓の外見る　ターザン山本
○リアシートトマトばかりをお供にし走り続けて五日目の午後　広瀬桂子
△△「今度はサ、一人でおいで」という声をふと思い出しトマト頰張る　本下いづみ
△　イタリアのトマトは違うよ脈あるし時に夏宵牙むいて笑う　沢田康彦

「ゆば」

△　食べながらなんだか無言になりました。ホットミルクの膜も好きですか？　ねむねむ

「日焼け」

△　日焼けした肌を「おもいで」と呼ぶなかれうすくなりゆく白い腕時計　同

「飛ぶ」

○成層圏超え来し陽を背に我が翼影を落とせよ君の額に（東京に残してきた人に）　沢田康彦

△　「このワイン除光液の臭いする」という人も乗せアリタリア飛ぶ　春野かわうそ

「ハワイ」

△△ノドの奥ゼリーになった泣いたあとハワイに行こう仲直りしよう　ねむねむ

「パスタ」

△　僕のＡ　君は絶対Ｂという。もつれたパスタフォークは巻きとる　同

△　ネヴァーセイネヴァーアゲンと言ひながらコンキリエ床にばら撒くのは誰？　春野かわうそ

「ボイン」
△　熱帯夜空から巨乳《ボイン》が降りてくる滅ぼせ地球を愛なんてないから　沢田康彦

「たじたじ」
△　問うてみる問うてもいいかと問うてみるたじたじした顔それだけ見たさに　長濱智子
△　巨猫《おおねこ》もたじたじ耳下ぐ高出力ドライヤーのようだよ今の君　春野かわうそ

「ささくれ」
△　さっきからあなたの話聞いてないささくれの指触れてみたくて　本下いづみ

「自由題」
◎にわか雨あわてて買ったビニル傘半泣きの顔かくしてくれない　やまだりよこ
○われまくらぐさいは足おきわがとんじゆめのなかでもオイラは王様　元

○水たまり跳びこえ返事出しに行く尾かしらつきの虹かかる方へ　やまだりよこ

△　歩いたり走ったりしてあの夏は祖母の死知らず道草くってた　同

＊

穂村　前にも触れたけど、これ面白いねえ。

△○ク、ク、ク、ク、ク、ク、黒いカ、カラスはウ、ウ、ウ、うるさいあっちに行けよぉ　ターザン山本

沢田　でも△なんですか？

穂村　だってこれ、あまりにも〝人間力〟だけで書きすぎているんですよ。

沢田　人間力！

穂村　面白い人だから面白いことが書ける、というのに近いですよね。

沢田　苦しそうな歌だなあ。この人のカラス三首、全部さびしいですよね。

徹夜して街をあるけばゴミ袋カラスがカアと朝のむなしさ　同

都会にて空を飛べたらうれしくてカラスといっしょにカアと鳴きたい　同

東　男のさびしさが前面に出ていますね（笑）。
穂村　ほんとにそうだなあ。男のわびしさ路線だなあ。
東　この方は、一人で男のわびしさ路線貫いてますね。たとえば、私が◎でとった、

△◎晴ればれと歩む私の頭上からふってくるカラスもうどうなってもいい　湯川昌美

これは、女の子の歌ですもんね。《もうどうなってもいい》という気持ちにとても説得力があります。明るい諦念《ていねん》。《晴ればれ》↓《どうなってもいい》への気持ちの流れに「カラス」という黒い生命体はうまくついていると思いました。
穂村　いいね、この《どうなってもいい》って言葉。《どうなってもいい》女の子って好き（笑）。
沢田　《どうなってもいい》って言う女の子は好きだけど、「どうにでもして」って言う女の子はちょっとひく。
穂村　それは相手によりますが。
東　男はこういうこと言えないですよね（笑）。

△　捨てるのか拾うのか烏ニクロム線くわえて歩いているが　宇田川幸洋

沢田　映画評論家の登場です。同人評。「ニクロム線！　なんと素敵にピッタリな物をく

わえさせたのだろう」（本下いづみ）とあります。

穂村　面白い歌ですね。ただ、この歌、動詞が四つあるんですね。ちょっと、ここではさっき言った動詞の数について、触れておきましょうか。この歌の場合は、初めの《捨てるのか拾うのか》が意図的な二者択一なんで、そんなに疵《きず》になってないと思うんですよ。問題になるのは、たとえば、ぼく△でとっているんですが、

△　この次は孫で産まれて私に抱かれカラスの頭で考えてたこと聞かせておくれ　　福井若恵

これも動詞が四つあるんですよ。《産まれて》《抱かれ》《考えて》《聞かせて》。少なくともこれ《産まれ》るか《抱かれ》るか、どっちかはいらないと思う。この場合は音数的にもその分が字余りになってる感じがあって。典型的な例ではないでしょうか。

沢田　この歌、発想はとても面白いですよね。ホラーめいた母性愛のたぎりがある。

東　そうですね。《カラス》の記憶のある《孫》ってコワすぎる。

穂村　発想は面白い。だから逆に目立つんですよね。これはいい歌。だから△つけたんですけど。次の○つけた歌、

○△凪止みて鳴き渡りたる鳥の声眠られぬまま夏の日始まる　　本下いづみ

これも動詞四つなんですよね。これもまあ、そんなに気にはなりませんが、ちょっと多いかもって気はします。

東　そうですね。《眠られぬ》というのだけ自分で、あとは風景だったりカラスだったり、動詞の主体があちこち行ってる、そこに問題があるんじゃないかな。

穂村　そう。それぞれの主体に対して、ひとつずつ動詞を貼りつけている、つまり《風》は《止》む、《鳥》は《鳴き渡》る、私は《眠られぬ》、《夏の日》は《始まる》という作り方をしているんですね。せめて、三つで勝負したいところですね。ここまでパーツを使いたくない。

沢田　でも、○がつくのはなぜですか?

穂村　それはまた別の話なんですが、感覚の複合性のようなものがある程度成立してうまく行ってるからかな。

東　全部直接は関係していなくても、詩として昇華されているということですね。

穂村　そういうのはほかにもあったなあ。これなんかもちょっと似てると思いますが。

○　ねむたげな君の横顔懐かしい薄紅いにカラスなく朝　　鶴見智佳子

これも感覚の複合性がすごくあるんですね。《薄紅い》なんて微妙で、《朝》にかかっているのかな、って感じですね。感覚を微妙に重ねるという手法がうまくできてるんじゃないかな。

沢田　《懐かしい》というのは、隣にいるってことですかね？　それともいないのかな？

東　いないんじゃないでしょうか。思い出して言っているのだと思いますが。

○公園に老婆が二人日向ぼこカラスと同じ方を向いてる　梅田ゆに子

この歌は、くっきりとした情景の中にさびしさが感じられました。同じ方を向いているところに謎があるんだけど、具体的に何を見ているのか分からないので視線が遠く、広がりがあります。

△△ラスカルのカラス見てから友達になりたかったな今でもずっと　坂根みどり

穂村　《ラスカルのカラス》ってどんなカラス？

東　解説しましょう。これ、主人公のスターリング少年が飼っている「ポー」って名前のカラスなんですけど、中途半端な悪役なんですよ。何かとワルさをして、アタマがよくて、なかなかいいキャラクターです。その《カラス》を《見て》《友達になりた》い、と思ったって歌ですよね。

穂村　《ラスカル》の中に「カ・ラ・ス」があるんですよね。

沢田　そうですね。《見てから》にも「か・ら」がある。

穂村　誰と《友達になりた》いとは最後まで言わないんだ。
東　カラスでしょう。
穂村　だろうとは思うけど、明示はされていないでしょ。ぼくみたいに『あらいぐまラスカル』見てないと、一瞬なんかヘンだなあと思うんですよ。そこが逆に面白い。現実のカラスを見ている間はそうは思わなかったという歌かな。ある一羽の特定のそれを見てから、全体が好きになってきたって感覚。『星の王子さま』の世界というか。
東　けっこう魅力的なカラスなんですよ。孤高のカラスなの。
沢田　『ヘッケルとジャッケル』ではそうは思えなかったわけですね。
穂村・東　何ですか、それ？
沢田　昔のアメリカのアニメです。二人組のサエないカラス。

△○明け方の木立すずしき中庭に青いビー玉くわえしカラス見ゆ　　欣末子

東　風景がとても印象的で惹《ひ》かれました。印象派風の描写ですね。《見ゆ》という緊張感のある結句がいいですね。
穂村　しかし相当目がいいですね、この人。見えるもんですかね？
東　《明け方》の光に《青いビー玉》って、きれい。実景というより心象風景なのかもしれませんね。

穂村　逆を書くやり方もありますよね。つまり「カラスがくわえしビー玉は見ゆ」とか。象徴性を意識しすぎていて多少やりすぎかもしれないけど、でも《青いビー玉》をくわえてるカラスが見えるなら、逆に書いても見えることになりますよね。

東　《ビー玉》を最後に出す、と。あ、その方がいいかもね。だんだん描きたいものをしぼっていく方法ですね。こういう歌がありました。

・海こえてかなしき婚をあせりたる権力のやわらかき部分見ゆ　岡井隆

全体的に比喩《ひゆ》の歌ですが、《見ゆ》に収斂《しゅうれん》されてゆくしぼりこみ方が確かです。

沢田　次、母子ものです。

△　カラス見て「かわいいなあ」と話す子の瞳に映る私何色？　小菅圭子

穂村　「七つの子」でしたっけ、「かわいい七つの子があるからよ」というのがありますけど、普通の大人の感覚では《カラス》はそんなに《かわいい》ものではないですよね。だから先の「黄色とレモン色」の話のように、この《子》の目には《カラス》が《かわいい》く見えている、先入観のない目だと。その特殊な子供の目で見たとき、《私》はどう見えるのか。そのどう見えるのかを《何色？》と聞いたのがちょっと面白いかな。

東　私は逆に《私何色？》って表現はちょっと既視感のある表現で、あまり上手な描き方ではないと思ったんですが。

△　炎天下電信柱のてっぺんでぼうず頭のカラス睥睨　　元

穂村　これはカラスが《ぼうず頭》という表現が面白いし、《睥睨《へいげい》》もいいかな。完全に象徴になりきらずに、どこかで現実の《カラス》の感触を残しているところがいい。ワイルドな生命力のようなものが伝わる。あらゆる身近な鳥の中でいちばん生命力を感じさせる存在ですよね。それをうまく表現している。

沢田　熱射病にもならずに。

穂村　コワい強い《カラス》のイメージがよく出ています。

東　威厳のある人格が宿っているみたいです。

△　森深く吾子は羽根を拾いおり黒い花束母に捧げんとして　　那波かおり

穂村　これも雰囲気のある歌なんだけど、《羽根を拾》うことと、《花束》を《捧げ》ることの因果関係が見えにくい。《森深く》で自分の子供が《母に》《黒い花束》を《捧げ》るという、先の「きいろの服」でも見られたような「祝福」と「呪い」がここにも同時にありますね。

沢田　これ、たぶん実際あったんでしょうね。《森深く》ではないかもしれませんが、子供と公園かどこかを散歩していたら、その子がカラスの羽根を大量に集めて母に「ほら」って見せたんじゃないですか？　母はきっと「きゃあ」って叫んだにちがいないです。

穂村　それが実話で、その体験の上でこの歌ができたとしたら、非常に面白い消化の仕方ですね。

沢田　次のも那波さん。

○土を掘るきみと金魚を埋めるためカラスばかりがお悔やみにくる　同

東　《きみ》という人と一緒に《金魚》を《埋める》のか、《きみ》も《金魚》も一緒に《埋め》てしまうのか、その判断に一瞬迷う歌ですね。

穂村　《きみ》を埋めるのかどうかですね。

東　ただいずれにしても全体にきまじめでシュールな感じが好きでした。《カラス》が《お悔やみにくる》なんていう、下の句も不吉なので、《きみ》を埋めちゃってもいいかな、と。

沢田　ぼくは前の歌との流れで読んだんで、たぶん《きみ》というのは自分の子供で、その飼ってた《金魚》が死んじゃったから、一緒に公園に――ひょっとしたら前の歌の《森》と同じ所かもしれませんが――、そこに埋めに来た、と。そうしたらそれを見に来たのが、好奇心の強い《カラス》ばかりだった、という情景ではなかろうかと思いましたが。

東　一緒に掘るなら子供で、《きみ》を埋めるなら恋人でしょうか。

沢田　恋人と《金魚》を同時に《埋める》ってすごいですね。

東　でしょ。《カラス》がただ集まってくるのを、《お悔やみに》来てるととるこの暗さ！

沢田　ねむねむさんからの評。「赤と黒のコントラストと、その色彩と静かさのコントラストが鮮やかで美しいと思いました」。さて、次の歌。〔猫舌〕コーナーで、穂村さん三つ目の◎が出ました。これは日光に旅行したねむねむさんに出した宿題、テーマは「失楽園」でした。

◎○てのひらが溶けて流れる夢を見た今日はたくさん水を見たから　　ねむねむ

穂村　この歌、とてもいいですね。ただ、ぼくなら、上句の《見た》をひらがなにしたいですね。もしかしたら《夢》もひらがなにしたいかも。それは何を言っているかというと、同じ動詞が対置されるときに片方をひらがなにするというのは一種のセオリーなんですよね。この場合は特にそうで、下句で《今日はたくさん水を見た》というのは現実の世界で《見た》こと、一方、上の《てのひらが溶けて流れる》というのはイリュージョンっていうのかな、幻想、夢の次元での出来事なんで、そのふたつの次元にまたがって同じ動詞が使われているわけです。そこをひらがなと漢字の書き分けで表現したいな。でもとにかくこの歌、いい感覚だなあ。

東　《たくさん水を見た》って表現がうまいですね。川だったり滝だったり、なのでしょうけど、それを《たくさん》の《水》という言葉に置き換えてゆくのは。

沢田　映画の『失楽園』には《水》のシーンがいろいろ出てくるんだそうです。

穂村　力ありますね。このままでプロの歌集に入れてもおかしくない歌だと思います。女の人の歌って感じ。

沢田　もうひとつ「失楽園」の歌。われながら格調低い歌。

△　故郷《くに》着きし吾に母声ひそめ「たもっちゃんとこ失楽園してはんねん」と言へり

沢田康彦

穂村　「失楽園」の動詞化。沢田さんのギャグものですが。《失楽園してはんねん》。これは方言と、《失楽園》という小説やその向こうのミルトンも連想させるような言葉の落差が効いているのではということでとりました。《と言へり》の律儀さも買えます（笑）。

東　《と言へり》か（笑）。

沢田　自由題から。

◎にわか雨あわてて買ったビニル傘半泣きの顔かくしてくれない　やまだりよこ

東　アイデアがいいと思うな。《ビニル傘》のチープさと半透明な質感が効果的。《ビニル傘》の向こう、自分からは雨が見えるけど、向こうからは自分の《半泣きの顔》が見られている。傘の半透明の中で半泣きになっている状況がいいですね。普遍的な心情が極日常的な素材の中から素直に描かれている点に好感を持ちました。

穂村　うん、そうね、いいんだけど……どうかな、処理はどうかな？《にわか雨》と《あわてて》が少しだけ重複してるかなあ。どっちかでいいんじゃないかって気がするなあ。

沢田　やまださん、こちらにも○がついています。

○水たまり跳びこえ返事出しに行く尾かしらつきの虹かかる方へ　同

東　勢いに惹かれました。雨上がりの中で体も気持ちも跳びはねている。よっぽどうれしい手紙なんでしょうね。

沢田　恋文の《返事》でしょうか？　ア・ラブレター・オーバー・ザ・レインボウ。

東　《尾かしらつきの虹》、好きです。なんとなく江戸っ子っぽい。

沢田　本人はべたべたの関西人ですが（笑）。

○われまくらぐさいは足おきわがとんじゆめのなかでもオイラは王様　元

東　漢語をひらがなで書いているので、ぱっと見ただけでは意味がとてもとりにくく、寝言を聴いているようで面白かったです。会津八一という明治生まれの歌人が、

・かすがの　に　おしてる　つき　の　ほがらかに
あき　の　ゆふべ　と　なり　に　ける　かも　会津八一

などというひらがなばかりの歌を残していて、そのリズムを思い出しました。

△△「今度はサ、一人でおいで」という声をふと思い出しトマト頬張る　本下いづみ

沢田　これはお題が「トマト」。
穂村　素直ないい歌ですね。
東　「今度はサ、一人でおいで」って表現、リアルですね。
穂村　子供の頃を思い出しているのかなあ。
沢田　いや、ちがうでしょう！
東　うん、ナンパされたんじゃないの？
穂村　え、ナンパ？《トマト》から勝手に子供の頃かと思っちゃった。

沢田　これはですねえ、たとえば、今穂村さんがトイレか何かに立つとするでしょ。それで、部屋にぼくと東さんの二人だけになったとしますね。そういうときに、ぼくが東さんに言うセリフですよ。《「今度はサ、一人でおいで」》って。「ホムラさん、抜きでサ」って（笑）。それで、東さんは「えっ」とかとその場では困惑しながら、家に帰った翌日なんかに《トマト頬張》りながらそのセリフを、まんざらでもなく反芻《はんすう》しているって光景ではないかなあ。

東　そうそう。

穂村　そうか、そういうことぼく言わないから分からなかったよ（笑）。

東　《今度はサ》のカタカナの《サ》が決め手ですね。

穂村　そうか、邪念の《サ》なのか（笑）。そうだな。なんかぼく、田舎のおばさんかなんかが子供に言ってるのかと思ったんだけど、なるほどなあ。

東　「トマト」はこれもよかったですよ。

〇リアシートトマトばかりをお供にし走り続けて五日目の午後　　広瀬桂子

アメリカの広大な畑を清々《すがすが》しく旅行している様子を思いました。孤独な旅だけど楽しそう。

沢田　でも、どんな旅なんだろう？

東　うん……？《五日》というのはけっこう長いですね。まあとにかく午後の明るい光の中でやっとたどりついたと。「Oh! Keiko!」とか、両手広げて親しい誰かが待っていてくれそう。

沢田　でも、なんで《トマト》だけなの？？？

穂村　「私」と《トマト》の位置関係がちょっと分かりにくいですね。「私」が運転しておみやげかなんかの《トマト》が《リアシート》にあるのかな？

沢田　でも、《五日》も経つと腐っているのでは？　よく考えるとコワい歌かも。《トマト》って言葉はぜひ「死体」にも置き換えてみてほしいです。

東　うわっ。それはものすごい。

川底で会ったうなぎかもしれぬ白く長く眠る光る腹なでる　　ねむねむ

沢田　お題は「うなぎ」。無印ですが、ぼくこれ、動詞がたくさんあっても好きです。

穂村　《腹なでる》って表現、すごいね。ただ、情景的にはちょっと分からない。

東　鰻食べに行ったんじゃないですか？

穂村　だとしたら白くないじゃない。

東　白焼？（笑）

穂村　でも、《なで》ないんじゃない。

沢田　つまり、上の句はうなぎ屋の蒲焼《かばや》きを詠んでいて、下の句は天然の生きた《うなぎ》を詠んでいる感じがあるから把握しづらいんでしょうか。ぼくはあっつーい夏の日に《うなぎ》を夢みた幻想、真夏の昼寝の夢の歌、ととりましたが。すごいですねえ、《川底で会》うんだもん。めったに行かないところですよね、《川底》って。海底はまだあっても。涼しい場所って感じですねえ。

穂村　全体に触感的な把握ですね。わざわざ《なで》に行くわけですからね。どこか性的なイメージがありますね。

東　人の肌の白さにつながるのね。

沢田　鰻食べに行くと、これ思い出します。《川底で会ったうなぎかもしれぬ》って句が脳裏をよぎる。《会ったうなぎ》を食ってやるのです。

東　それも恋の形なのかな。「鶴女房」みたいな。

プロレス

イラスト＝山﨑浩子
（スポーツライター）

幹部からの反対を押し切って、強引に選ばれたテーマ。なんでも目指す『猫又』的には、テーマをえり好みするのは十年早いと思うのですが。参加しない同人もいたけど、このテーマだから参加する、という頼もしい人も現れました。中にはあまりもの知識のなさに、週末、新日本プロレス、全日本プロレス、全日本女子プロレスをテレビ観戦、『週刊プロレス』『週刊ゴング』『東スポ』を買って、作歌に臨んだ女子同人もいました。
ただ、穂村さんの言う「女の人は全体的にプロレスの把握が甘い」というのは確かに当たっている気がする。三十五人七十一首。六人十八首の自由題。お題はほかに映画「悪魔のいけにえ」。

「プロレス」十九首＋六首

○◎道場の長与千種のサンダルは「ＣＨＩＧＵＳＡ」と赤く書かれていたり　春野かわうそ

△◎こわがりは父の肩越し修羅を見るゆがむ豊登モノクロの血　やまだりよこ

◎いつまでも解けないクイズはやめにしてあっけらかんとプロレスしようぜ　本下いづみ

○我れ思う記憶の中のまた記憶影絵となりし猪木は死なず　ターザン山本

○青白き炎をまとう君の背に闘いの神今降り立ちぬ　鶴見智佳子

○小人たちのぽとぽとと跳びて水着に秘せし女王の白き腹に落つ　宇田川幸洋

○かりんとうガリッとかめば思いだす三本キズから吹きだすブッ血ャー　さき

○2時、3時　見るものなくてついみてた闘魂のあとサンドストーム　長濱智子

○力人《ちからびと》何が悲しいか年老いて死の知らせほどああ豊登　ターザン山本

△音のない「女子プロ」の前カルダモンごりごりつぶす泣くな私よ　本下いづみ

△プロレスをくいいるように見る背中TVだけひかる部屋で眺める　湯川昌美

△おとな泣くおとな痛がるながぐつにぴったりパンツはアトムとおなじ　ねむねむ

△誰にでも「かかってこい」と吠えながら己は誰にもかかってゆかぬ　加藤賢崇

△プロレスを詠まんとチャンネル合わせても見る気少しも起こらぬ我は　大塚ひかり

△プロレスの技が決まって大はしゃぎ恋にも一本勝ちあればいい　鶴見智佳子

△生涯を無口で通す伯父なれど試合中継見る肩ふるえて　梅田ゆに子

△教え子の放課後プロレス遠くに見あの彼どうした？　ふと思う秋　大内恵美

△「鉄の味するね」と傷口舐める君その血が汗に溶け込む前に　小沢美由紀

△三沢様痛くないはずないでしょうその足でまたコーナーよりとぶ　長濱智子

「ホラーシリーズ／悪魔のいけにえを詠む」

○罪なくて土星の位置ただ嘆けどもカラカラ笑う人骨モビール　ねむねむ

「自由題」

△○携帯のマイムマイムも高らかに死体運ぶよ「川越ゆき」は　本下いづみ

△○ぼんやりとエッチなことを思ってた私を見ないで三尾の秋刀魚よ　同

○30分ぼくより早く起きて梨4分の3食べる人見上ぐ　春野かわうそ

○言ひ負かしふと見る吾娘《わがこ》のどんぐりを五つ握ればいっぱいの手　本下いづみ

△　もう一度ポストの前で確かめるラブレターでいてラブレターではないこと　同

＊

○◎道場の長与千種のサンダルは「CHIGUSA」と赤く書かれていたり　春野かわうそ

穂村　東さんが◎、ぼくが○をつけたのですが。『猫又』には珍しい写生の歌で成功しています。《道場》がいいし、たぶんここでも「チグサ」って音と、千の種、って漢字がどこか意識に入ってきてて、それと《赤》……赤でいいですね。これは文句なしです。

沢田　事実なんでしょうね。

穂村　そう。そうなんですけど、ここを書くかどうかですよね。

東　抽出のうまさですよ。なかなか書けないものですよ。長与千種にはいろいろな思い入れがあるわけだけど、ここを見るというのはすごい。リアリズムが決まっている。戦いにゆく《長与千種》を描写する部分はたくさんあったと思いますが、《サンダル》の《「CHIGUSA」》の《赤》にしぼった印象の強さが、千種という一人の女性の強さを巧みに浮き彫りにしていて、また、それが歌そのものの強さに直結していると思いました。

沢田　もう一首、リアル短歌。

試合後のヒールの女血をぬぐいキティのふでばこ見せてはにかむ　同

こちらは、もう引退してしまった美形レスラー長島美智子を詠んだものだそうです。この歌には、吉野朔実さんから評、というか、こんな返歌が本誌に届いています。

レスラーはお座敷犬が好きに百円モヘアのふわふわが好きに千円　吉野朔実

穂村　ぼくなら「ほあほあ」かな。

東　私はこれを◎でとりました。

◎いつまでも解けないクイズはやめにしてあっけらかんとプロレスしようぜ

本下いづみ

穂村　これ、どこがいいですか？

東　え？　いいじゃないですか。上から下への転換が。井上陽水の「夢の中へ」みたいな魂の転換を思い浮かべませんか？《あっけらかんと》という語の斡旋《あっせん》が効いていて、背後に複雑な問題を想わせ、なかなかつらい気持ちのこもった歌ではないかと思いましたが。《解けないクイズ》という心のささくれを《あっけらかんとプロレス》に転化しようという、からりと肉体に移行する過程がとても気持ちよくって、ほのぼの晴れ晴れしましたけど。

穂村　うーん、やはり女の人たちは全体的にプロレスの把握が甘いですよねえ（笑）。《あっけらかんとプロレス》というのはねえ、うーん、何かちがうんだよ。

東　ちがうのかなあ（笑）。じゃ、きっと本下さんもプロレス知らないんだろうなあ。イメージだけが先行しがちなんでしょうかね？

沢田　私としましては、プロレス把握どうこうより、《あっけらかんと》《しようぜ》という客観と主観が混ざった物言いが気になりました。この「プロレス」では、東さんにも応募いただいていて、

やくそくは覚えていますレスラーの足音くらやみに響きぬ　　東直子

これはコワくていいですね。ちょっとプロレスっていうより、アマレスっぽいけど。なんだかグレコロマン・スタイルの人があの体型でやってくるコワさ。カレリンみたいな……コワ!。

東　音に集約してみたのですが。

沢田　本下さん評。「なんだか分かんないけど、一語一語がすごく恐い。や、やくそくって何だっけ? ごめんなさい。私は覚えてません。と慌てて平謝りしてちびってしまいそうです」。

穂村　……うーん……でも無印!(笑)

沢田　今回、穂村選と東選がほとんど一致していません。では、どんどん見ていきましょう。

△　おとな泣くおとな痛がるながぐつにぴったりパンツはアトムとおなじ　　ねむねむ

穂村　これもまたねむねむさんを褒めることになってしまうのですが、この人はやっぱりそのときの感覚に最適の文体を見つける能力が高いですね。先のワインもそうでしたけど。まさに言いたいことに対して最適の文体を掴《つか》んでいるな、っていう感じがします。

沢田　ねむねむさんは明らかにプロレスラー、バカにしてますよね。嫌いなんだなってのがよく分かる（笑）。本下さんからの評。「なーんかひっかかってた〝プロレスの滑稽《こっけい》な部分〟を洗いざらい、しかも無駄なく面白く詠んでくれて、目の前の霧がすっきり晴れたような爽快《そうかい》感を味わいました」。

東　《ぴったりパンツ》、いいですねえ。

△◎こわがりは父の肩越し修羅を見るゆがむ豊登モノクロの血　　やまだりよこ

沢田　東さんが◎、穂村さんが△で選ばれてます。

穂村　これは《モノクロの血》がよかったですね。かぽんかぽんの《豊登《とよのぼり》》というどこか物悲しい名前と《モノクロの血》という言葉が妙にマッチしているなあ。

東　そうですね。この言葉が時代をさりげなく感じさせますね。白黒の画面を通しての父と作者と豊登との微妙なこころの交歓があります。……「かぽんかぽん」、なの？

穂村・沢田　「かぽんかぽん」ですよ！

沢田　豊登追悼はもう一首あります。

○力人《ちからびと》何が悲しいか年老いて死の知らせほどああ豊登　　ターザン山本

東　《力人》という語がとてもいいですね。《ああ》の置き方もとても自然。「ああ」って言葉は本気で置かないと浮きますからね。詠嘆の気持ちがひしひし伝わってきました。ちなみに、「ああ」を使った歌では、『夢みる頃を過ぎても』という歌集に入っている、

・ああ夕陽　あしたのジョーの明日《あした》さえすでにはるけき昨日《きのう》とならば　藤原龍一郎

をすぐに思い出します。

沢田　「ああ」は格闘技に似合うってことでしょうか。

○我れ思う記憶の中のまた記憶影絵となりし猪木は死なず　ターザン山本

東　《猪木》に対する執着が、哀感をともなって詠み上げられていて、共感しました。結句が泣けますね。《猪木》は細部が分かんなくてもシルエットだけでも《猪木》と分かる。

沢田　同人評。「猪木に対する限りない愛が感じられる深い歌だと感動しました」（石原仁）。先の《アンドレは死す》と呼応し合っているような結句ですね。

○青白き炎をまとう君の背に闘いの神今降り立ちぬ　鶴見智佳子

東　《闘いの神今》というかっこいい臨場感が好きでした。このおおげさな描写、ここまで描き切ってくれれば酔えますね。

沢田　鶴見さんは前田日明《あきら》のリングスファンだそうです、関係ありませんが。次の歌、ど

うですか？　無印だったのですが。

われを抱く荒々しき腕《かいな》ありジャーマンスープレックスホールドということばのなかに
那波かおり

穂村　そうか、《スープレックス》って、投げる前に抱きしめる技だったんだと、教えてもらった歌でしたね。さっき穂村さんは「女の人たちはプロレスの把握が甘い」とおっしゃいましたが、こういう把握は女性ならではでしょうね。あと、この歌の、字余りなんて知ったことかい、と言わんばかりの勢いは、さながら反則レスラーのようです。カイナという表現が効いてますね。

○小人たちのぽとぽとと跳びて水着に秘せし女王の白き腹に落つ
宇田川幸洋

東　破調ですが、面白い感覚に惹《ひ》かれました。魑魅魍魎《ちみもうりょう》を引き連れる猛《たけ》き姫という感じで、プロレス独特の官能が描かれていると思います。

沢田　女子プロレスの持っている「イケナイ」部分に触れてる気がするなあ。ミゼットプロレスでしょうか、なんだかＳＭの匂いがする。《ぽとぽと》はまるで精子のしずくのように感じました。

○かりんとうガリッとかめば思いだす三本キズから吹きだすブッ血ャー　さき

東　《かりんとう》を噛《か》むという体感がプロレスに連結する、というのが非常にコワくてうまいですね。《かりんとう》が指かなんかに思えてきて噛めなくなりそう。《ブッ血ャー》っていう諧謔《かいぎゃく》的表記が、さらにコワかったです。

穂村　《ブッ血ャー》はすごいな。まじめにすごい。

○2時、3時　見るものなくてついみてた闘魂のあとサンドストーム　長濱智子

東　《つい》という空虚感がいいですね。《闘魂》と《サンドストーム》の狭間《はざま》には生と死の拮抗《きっこう》のポエジーを感じます。

沢田　プロレス中継というものを見たことのなかった長濱さんは、このお題をもらってから毎週末の深夜、テレビに向かったそうです。エラい。分からないときはまず触れてみよ、のいい例ですよね。逆に触れなかった例もあって、

△　プロレスを詠まんとチャンネル合わせても見る気少しも起こらぬ我は　大塚ひかり

というのがありました。「はいはい」と思いました（笑）。でも律儀に詠んできたのはエラい。

穂村　よく知らないものを題に出されると困りますよね。以前テレビの番組で「百済」という題を出されてパニックになりました。結局作ったのが、

・素はだかで靴散乱の玄関をあけて百済の太陽に遭う　　穂村弘

東　私も『短歌パラダイス』のときに「オランウータン」という題で苦しんだんですが、こんな歌が出てきてびっくりしました。

・急行を待つ行列のうしろでは「オランウータン食べられますか」　　大滝和子

沢田　「即詠」の迫力を感じさせる作品ですね。東さんのもすごかった。

・おまえだよ　オ・ラ・ン・ウ・ー・タ・ン七つぶん階段のぼってうしろを見るな　　東直子

よくもまあその場で、しかもこのお題で、こんなコワい歌を思いつくもんです。次の歌。

△　誰にでも「かかってこい」と吠えながら己は誰にもかかってゆかぬ　　加藤賢崇

穂村　これ、面白いんですけど、ぼくだったら最初の《誰にでも「かかってこい」》を、「誰からだかかってこい」と全体をセリフにしたいですね。というのは、《誰にでも》とい

う表現にはちょっと覚醒《かくせい》感があるから。こう言うと最初からフレーム……一首の全体像が見えてしまうという気がして。冷静なスケッチというか。

沢田　これ、プロレスの抗争の基本形を定義したというか、揶揄《やゆ》した歌ですね。

穂村　同時に自分のことも詠んでいるわけでしょう。これ完全に他人の描写、ここではプロレス界の描写としたら、歌として成立しませんから。少なくとも何パーセントかは自分もそういうことがある、ということがないと成立しないんじゃないかな。いずれにしてももうちょっとヒートアップしたいんで、ぼくは「誰からだかかってこい」にしてみたいのですが。

沢田　吉本新喜劇の岡八郎という人のギャグに「どっからでもかかってこんかい」というのがありますね。ボクシングポーズでちょっとずつ、ずり下がりながら言うの（笑）。それを思い出しました。

東　「今日のところはこのくらいにしといたるわ」って言うのは？

沢田　それは池乃めだか。ボコボコにされてから言うんですよね（笑）。

△　音のない「女子プロ」の前カルダモンごりごりつぶす泣くな私よ　　本下いづみ

《音のない「女子プロ」》は悲しいですね。それとは別の《ごりごり》音が心臓に響くようです。

東　よっぽどつらいことがあった気がする。《カルダモン》がつぶれる感触をぎゅうぎゅう締められているレスラーの感覚と重ねたのでしょう。

沢田　その上でさらに《泣くな私よ》なる、女子プロレスラー的セリフを女の子が吐くって設定、いいですね。本下さん、自由題でも活躍されています。

△○携帯のマイムマイムも高らかに死体運ぶよ「川越ゆき」は　同

東　この歌《マイムマイム》のエンドレスな感じを痛感しました。「マイムマイム」は不吉な音階だったんだと気づきましたね。《「川越ゆき」》という固有名詞も黄泉《よみ》の国を連想させて、効果的。

穂村　そうですね、あの「♪ターターターラタ、ターターターラタ……」って音楽のエンドレス性は確かにこの《死体運ぶ》という感覚とマッチしていてコワい感じがありますね。

△○ぼんやりとエッチなことを思ってた私を見ないで三尾の秋刀魚よ　同

東　なんか分かるな、主婦として(笑)。極日常的な風景なのに官能的で、ぬるぬるしていてユーモアもある。新鮮でした。日常的な魚のつや感がいいです。

穂村　次もいいですね。ちょっと長いけど。

△もう一度ポストの前で確かめるラブレターでいてラブレターではないこと　同

東　言葉がシンプルなわりに心情が複雑な感じがいい。分かってほしい気持ちが秘められている。

沢田　そうですよね、《ラブレター》は《ラブレター》と分かられてはいけないときの方がひょっとしたら多いんですよね。でも、好意は伝えたいし、好意を持ってもらいたい。本当は《ラブレター》だってことなんかバレバレなんですが（笑）。次の「言ひ負かし」の歌もいいですよ。

○言ひ負かしふと見る吾娘《わがこ》のどんぐりを五つ握ればいっぱいの手　同

東　なあんだ《どんぐり五つ》ぶんのちっちゃな《手》、という収め方が実に愛らしく、童話風の叙情を感じました。自分の子供を素直に詠《うた》った歌。甘さがあって、私は好きです。

穂村　《どんぐり》で手の大きさをはかるというのが面白いですね。

沢田　おかあさんって、けっこうムキになって子供とタメで言い合いするもんですよね。

東　そうそう。

○30分ぼくより早く起きて梨4分の3食べる人見上ぐ　春野かわうそ

東　このユーモア感覚は新鮮でした。子供が母親を見上げるように恋人を見上げたような、ちょっとよじれた感情を感じました。《4分の3》という数学的な把握がよっぽどじーっと見つめてたんだろうな、ってよく分かる。

穂村　主観が全く入っていない。すべてが微妙な数字に変換されてるのがどこかコワいです。この後何が起きるんだろう。

沢田　無印から。

つゆくさで色水つくって遊んだよ明け方の空の涙みたいな　　鶯まなみ

この歌、どこにもそう書いてはいないのに、一人きりで遊んでいるような孤独感がありますね。同人評。「夏は微妙に色のちがう青があふれていましたっけ。その中でも、この歌の色はとっておきの青」（やまだりよこ）。

東　言葉の響きがとてもきれいですね。ひらがなと漢字のバランスもとてもいい。《色水》を《空の涙》と感じる感性、少女のような透明感がありますね。

穂村　《明け方の》を《夜明けの》とすれば音数が合うんだけど、リアルさは減るかな。

沢田　鶯さんは女優さんで、この頃あちこちの雑誌のグラビアページで短歌を詠んでおられました。「うぐいす、夏を詠む」シリーズ。次のもそうです。

もう終わりと思っていたら次の朝ひっそりとひとつ名残のあさがお　同人評から。「今年の秋は暖かくて、こぼれた種から朝顔が咲きました。私もこういう花をいじらしく愛《いと》しく思います」（坂根みどり）。

東　十月半ば過ぎてもぽっかり咲いていることのある《あさがお》への視線が優しくていいですね。ただ《もう終わりと思っていたら》という気持ちは《名残の》の一語でもう分かるので、別の事柄を入れた方が豊かになっていいと思います。

○罪なくて土星の位置ただ嘆けどもカラカラ笑う人骨モビール　ねむねむ

沢田　これはホラー映画「悪魔のいけにえ」を詠む、というのがテーマでした。この頃から、某誌でねむねむさんとホラー映画を一緒に見て短歌を詠む、という連載を始めたのです。

東　ホラー映画詠だけに前衛的ですね。《土星の位置ただ嘆く》という不条理な感じが深いです。

沢田　映画では、殺人鬼に襲われる直前の若者たちが星占いをして「ありゃあ、土星かよー、ついてないなあ」なんて言ってるだけの光景なのですが、こう詠まれるとコワイなあ。このシリーズでは、ねむねむさんがあまりにも強敵で毎回苦戦しています。ねむねむさん、もう一首。

悪夢明け明けども踊るチェーンソー照らす朝日がカタルシスなの？　　同

東　《カタルシスなの？》って、小学校の先生みたいな聞き方がコワいですね。

オノマトペ

イラスト＝佐伯日菜子（女優）

○◎そやからなそこをおさえなあかんねんおさえへんからプリッといくねん　えやろすみす
○○ネンネグー阿呆ムク可愛ムク処女のムク盲目のムクはいま昇天す　佐々木眞
○○しゃくしゃくとねぎを刻んだ　女房にならないように気をつけながら　中村のり子
○○シンシンと雪降る道をキュッキュッと歩く足跡一歩目は黒　杉山由果
○○夕焼けにぽったり光るひとしずく冬の水着を干す南窓　小久保美由紀
○△茜空この世の果てのどんづまりみじょーみじょーと伸びる猫ひげ　那波かおり
○△淋しいと思う間のない冬の日はさらさらと過ぐのぼっておちる　中村のり子
○△病床より眺むる幼子《おさなご》正座にて芋食い唄う「ふんふんふ〜ん」　本下いづみ
○△「めーよーとしてるね」ゆきがゆげみたく　ろめんただよういろはのさかで　沢田康彦
△○内緒だよキミと出会ったあの瞬間ピポパピポってこころ踊った　朝日ゆかり
△○山に住み新たな扉に手をかけた　ぼっとんという底見えぬ闇　大内恵美
△○道場で聞こえる声はワンワンとニャーニャーブーブー立てコノヤロー！　伊東幸子
△○君とならチューチューするけどレロレロは少し早いぜ一週間後！　里村明衣子
◎一七年一直線に駆け去りぬ今一度鳴け声太きＷＡＮＧ！　佐々木眞
○　めるめるとシール剝がせばあらわれる数字マニアのなくした数字　東直子

○タクシーで前向いたままエラ呼吸ぎゅっとつないだ手　ハナサナイデ　本下いづみ

△普段から研究してはいるのだが上手く出来ないピチピチメイク　植松寿絵

△かっちゃくっちょこっぽ辻馬車の振動に知らない官能がめざめる　宇田川幸洋

△互いに重なり合うものは、相等しい　もういちどピタリしようよ　ねむねむ

△幸せがたぷたぷ揺れてこぼれそう油断してると草むらに鮫　本下いづみ

△冬窓で猫と陽の暖守りつつぬののんおおんと眠る幸せ　長濱智子

△猫むかず　あんなにあああと泣いたのに2時の宅配受け取れないのに　同

△元気でね風邪ひきねこにうどんやりはっひふっほとアタシに帰る　やまだりよこ

△ギーギーとつめたい靄を漕ぎゆけばだれも知らない夜が明けゆく　市居みか

△ぽぽーぽぽくすんだ水色鳩の声どこか遠くの私の居場所　同

△今だけは優しい夢を信じたいぎこぎこ走る木馬のうえで　よしだかよ

△集い来てあいさつめでたや初春に　カチャリカチャリと母は台所《だいどころ》　坂根みどり

△あいたいよ　海にくちつけごぼごぼと叫んでとどけ彼の島まで　平田ぽん

△こちらです　言われて行けばジロジロと見ないでくれよ私は女　山田敏代

△失恋で胸が痛いよズキズキといつか見てろよぼんぼんダンナ　永島千佳世

△犬達の中で一番チョコが好きクネクネしててカワイイんだ　桜井亜矢

△クリクリッと女の名を呼ぶルイ・ジューヴェそんでまたくりくりと出てくるその女　宇田川幸洋

△「晩春」のあとフェヤーモントで見た桜ふたふたとちりつもりいまはない　同

△くしゃみをねチーンってする人いないよねヅゥーかブブーかブバビューだよね　同

響一

△透明なコップの中の水平線うしろ頭がぷかぷか浮かぶ　市居みか

△三時間前から味の消えているガムをくちゃくちゃ噛んでいるんだ　よしだかよ

△しとしとと降る雨朝はまっしろに変われば私もまっさらの靴　坂根みどり

△はり落とし時計草からチクタクと時きざむ音聞こえるゆうがた　平田ぽん

△さめはだのにのうでちょっとさわらせてカリカリかかとぷるぷるみみたぶ　同

△とととととまらなくってててててていきおいづいたあしもとととと　小久保美由紀

△サトウキビざわわざわわと揺れている森山良子のあの歌好きだ　今川魚介

△ちりちりと焦げる玉ネギ誰のため　帰らぬあなたを恨めしく思う　鶴見智佳子

△ジャブジャブと温泉のお湯限り無く貴女の愛もそうならいいな　渡邉晴夫

△大蛇くちなわをガブリくわえて二度三度振って廻してぶん投げしムク　佐々木眞

△もんもんと一日過ぎてもんもんと今日見る夢もむらむらと　広田さくら

△リング上痛い辛いは当たり前バンバン受身で足あざだらけ　加藤園子

△雪まくら光にまみれて落ちてくるたん・ぶりん・だんと唄うキャロルは　那波かおり

△カラカラと心が鳴ってしまう夜は毛布と電気カーペットで『平気』　本名陽子

△ちょろりんぱ！　ペットボトルの成れの果てきっと気のせい柏手を打つ　本下いづみ

△すきとほる葡萄のみどりあなたの目ちゅるっと吸ってとろっと食べたい　市居みか

△雪の上つるんこつるんこつるるんこ笑いがとまらんつるるんこつん！　平田ぽん

△カズノコよそらにパチパチはじいてる　月が泣いてるたしか月曜　同

△空き缶よ一緒に帰ろ途中までカンコロロロンカンコロロロン　小久保美由紀

△しなしなと響く、やさしい雨音の前奏のちに春は開幕　タエッル・エビテン

△カラコロと私の中で鳴り響く去年の夏の小さなしこり　朝日ゆかり

△こんこんこんこほこほこほほっゴンゴホホーッどんな咳すりゃ皆心配するの　清野ゆかり

△ヒキガエルの逆襲浴びし野良のムク目の毒液をヒリヒリはがす　佐々木眞

「猫又」第二十二号「オノマトペ」(掲載総数九十六首より◎〇△で選)

＊

沢田　「オノマトペ」。一応『大辞林』によれば《擬音語・擬声語・擬態語を包括的にいう語》とのことですね。短歌というジャンルにとても似合うテーマかもしれません。『猫又』同人から百首近い歌が届いて、わんわんにゃあにゃあチューチューレロレロと賑《にぎ》やかです。文字づらだけ見ていても花盛り感がある。イラストは女優の佐伯日菜子さん。「とぼとぼ」の絵だそうです。

穂村　いつもより面白い歌が多かったです。やっぱり、というべきでしょうか。日常的な言語とは違う位相の、レベルが違う言葉を入れることで、一本の棒みたいになりがちな言葉の連なりがそこでヒュンと揺さぶられる。

東　よくやるお題なんですけど、たいてい面白くなりますね。

穂村　ちなみにぼくは苦手なんですが。

東　みんな大好きなのに、なぜか穂村さんは苦手（笑）。不思議ですねぇ。『かばん』という歌の雑誌でも「オノマトペ」の題詠で歌会をやったのですが、そのときの穂村さんの歌がこれです。

・目を見開いて抱き合う夜の温室のさふらんらいすいかすみぱすた　　穂村弘

沢田　いいじゃないですか！

東　この時最高点をとりました。

沢田　でも、これ「オノマトペ」？　って疑問は残りますね（笑）。

東　そうですよね。無理矢理オノマトペですって言い張っている感じはありますよね。とにかく穂村作品には擬音語・擬態語少ないんですよ。ほぼ皆無ですよね。

沢田　東作品にはものすごくありますよね。

・お別れの儀式は長いふぁふぁふぁふぁふぁとうすみずいろのせんぷうきのはね　　東直子

・ほほほほと花がほころぶ頃のこと思い浮かべてしまう如月　　同

・てのひらにてのひらをおくほつほつと小さなほのおともれば眠る　　同

・少し遅れてきた人の汗ひくまでのちんちろりんな時間が好きよ　　同

・よい人とよい街にゆきよい花を育ててしんしん泣いたりしてね　　同

穂村　明らかに多用する人とそうでない人がいるよね。だいたい言葉を頭で組み立てたい人は、「オノマトペ」苦手なんです。そこでコントロール不能になるのがコワいんですね。

沢田　みんなの作品を見ていると、同じ「オノマトペ」でも音や色、味、触感、仕種……

常套句《じょうとうく》から勝手に作っちゃったものまで、いろいろありますね。

穂村　「オノマトペ」の基本パターンは、主に三つあると思うんですよね。「創出」と「既成使用」と「転用」って感じかな。

まず、「創出」というのは「オノマトペ」の歌を作れと言われたときに誰でも一瞬考えるもの。誰も使ったことのない表現を発見していい詩を作ろうという、宮沢賢治なんかが得意とするところで、『風の又三郎』の「どっど　どどうど」とか、「うるうる」盛り上がってとか。

沢田　童話を読むと山のように出てきます。

穂村　そう。その表現は初めて見るんだけど、やられると非常にびっくりする、というようなものですね。ここに三つ例を持ってきたんですけれど、

・しんきらりと鬼は見たりし菜の花の間《あわい》に蒼きにんげんの耳　河野裕子

《菜の花》の間から人間の頭が見えていて、そこに《耳》があって、それを《鬼》が見たっていう歌なんですけど、この《しんきらり》というところが独自の「オノマトペ」になっている。《菜の花の間》から《にんげんの耳》がちらっと見える感じがよく出ているなと。

沢田　《しんきらり》。初句から堂々と書かれると、この言葉が当たり前にあるような印象さえありますね。

穂村　・鶏ねむる村の東西南北にぼあーんぼあーんと桃の花見ゆ　小中英之

これは「しんきらり」のオリジナリティに比べると、《ぼあーんぼあーん》という、たとえばボールとかの表現ではあるような「オノマトペ」なんだけど、《桃の花》が《ぼあーんぼあーん》と見えるというのは、固まって咲いているのかな、ちょっと遠景ですよね。接近するんじゃなくて《村の東西南北》だから俯瞰《ふかん》する、地図を上から見るような感じで。神様っぽい視点からの歌かなと。

・ひとしきり母の叫びが風に添う　雲のぷあぷあ草のれれっぽ　加藤治郎

加藤さん得意の、「ヘンなオノマトペ」ってやつ。《雲のぷあぷあ》はまだ《雲》が浮かんでいる様子を伝えてくるんですけど、《草のれれっぽ》は《草》のどういう状況か分からない。作者も、読者が「なるほど、草はれれっぽだな」なんてすぐに思うとは思っていない、それを分かっててやっている。つまりさらに一歩踏み出そうという意識があるんじゃないか。《ぷあぷあ》までは誰でもついてこられるけど、《れれっぽ》で半歩、一歩だけ外側に出てこいよ、という感覚じゃないかなあ。

沢田　白秋でこんなのがありますね。

・見ろまるでゴッホの画室だ椅子だ椅子だこのゆがゆがの栗の木の椅子　北原白秋

口語短歌。信州の義弟の農民美術研究所を訪ねたときの作だそうです。励まし感のある挨拶《あいさつ》歌のおもむきがあります。この《ゆがゆが》なんかは正に「創出」ですね。木の音、触感が《椅子だ椅子だ》とも呼応しあい、可笑《おか》しくって美しい。

穂村　白秋は「オノマトペ」の天才。

東　うまいですよね。賢治のようにびっくりするタイプのものではなくて、自然に説得されるタイプですね。

穂村　こういった「創出」は、ある意味みんなが理想とするものですね。新しい言葉を使って新しいものを生み出そうとする自然な欲求の「オノマトペ」なんです。でも「オノマトペ」というのはそれだけじゃない……ということで、次の河野裕子の二首。河野さんはこういうのがとても得意な歌人なんです。

・たつぷりと真水を抱きてしづもれる昏き器を近江といへり　河野裕子

《たつぷりと》というのはみんなが使う、普通の表現なんですよね。つまり「既成使用」。ここはわざとこの言葉を持ってきている。これ、琵琶湖のことなんですね。

沢田　でも《たつぷりと》は湖を表現する言葉ではない、と。

穂村　わざわざ《昏《くら》き器》って言い方で、容量が分かるようなお椀のもののように思わせる表現。この《器》の中に《たつぷりと》味噌《みそ》汁が入っているよ、というような感覚を手渡す感じですね。これもやっぱり神様っぽい、でっかい視点から見ている。

・たとへば君　ガサッと落葉すくふやうに私をさらつて行つてはくれぬか　同

東　これも有名な歌ですね。特に女子の心をわしづかみにしてきました。

穂村　《ガサッと落葉すくふ》というのはとても普通。でも普通ではないところがあって、落ち葉をすくうように《私をさらつて行つて》くれっていう言い方。自分を《落ち葉》にたとえる。若い恋人同士の歌なんでしょうけど、普通はもっとプリティなものにたとえますよね。それを《ガサッと》乱暴な感じで《すくふやうに》と。

沢田　与謝野晶子の「さびしからずや」の歌を思い出しますね。道なんて説いてないで、どーんと来い、と。

穂村　大事なものを大事にもっていくんじゃなくって、《ガサッと》というところに逆に愛情の深さみたいなものが現れる。その平凡さが生きてくる。こんなのが既成のオノマトペの新鮮な使い方です。

三つ目の「転用」ですが、さっきのぼくの「さふらんらいす」は無理矢理なんていわれましたが、そういうもの……宮沢賢治の例でいうと、さっきの「どっどど　どどうど」は創出ですけど、たとえば『永訣《えいけつ》の朝』の「あめゆじゅとてちてけんじゃ」、あれはただの方言だから別に「オノマトペ」じゃない。でも通常の意識の中に突如あれが入ってくると、こちらの意識のレベルが変わるんですね。「オノマトペ」的に機能してる。

東　呪文《じゅもん》みたいに。

穂村　今回のえやろすみすさんの、この歌も方言。意味をあまり考えず、響きを身体で感じるんですよね。

○◎そやからなそこをおさえなあかんねんおさえへんからプリッといくねん　　えやろすみす

　ねむねむさんの「関西弁ってすべて「オノマトペ」ですよね」。これってたいへん的確な批評で、えやろすみすさんもおそらく意識的にやってるんでしょう。

東　面白い。何を《プリッ》と言ってるのか分からないけど、読者それぞれに想像させますよね。何であるかを示さないでも、それをこの勢いのある関西弁で《プリッといくねん》って言われると説得力が生まれる。サ行と《あかんねん》《へん》《ねん》のリズムがなんともいい感じ。内容も、「あ、しまった」っていう一瞬の後悔。戻れない時間。面白く書いてるんだけど、非常に重大なことが起こってしまったような、コワさを含んでいます。

穂村　二重「オノマトペ」というか、関西弁そのものが「オノマトペ」で、その中の一個だけカタカナの《プリッ》がさらに深いところに入っていて、これはやっぱりうまいですね。

沢田　標準語で書いたら面白さ半減でしょう。
穂村　「転用」ではこんな例もあります。

・ミサイルがゆあーんと飛びて一月の砂漠の空のひかりはたわむ　　高野公彦

沢田　あ、これ中原中也ですね。
穂村　そうです。「サーカス」って詩。

《幾時代かがありまして／茶色い戦争ありました／（中略）サーカス小屋は高い梁／そこに一つのブランコだ／（中略）頭倒（さか）さに手を垂れて／汚れ木綿の屋蓋（やね）のもと／ゆあーん　ゆよーん　ゆやゆよん》

空中ブランコがサーカス小屋で揺れている。その様を《ゆあーん　ゆよーん　ゆあゆよん》っていう「オノマトペ」にしてるんですね。それを高野公彦さんは《ミサイル》が飛んでいるっていう風に転用している。この詩、いちばん最後に《落下傘》が出てきて、戦争のイメージからサーカス小屋のイメージに入っていく詩なんですけど、おそらく高野さんもそれを意識していて、本来ブランコに使われていた「オノマトペ」を《ミサイル》で使うんだけれども、そこでも中也の戦争と意識的なリンクがある、と。それから、

・おしもどすかなしき力ひきよせるさみしき力ヒルトン、シェラトン　加藤治郎

って面白い歌があります。《ヒルトン、シェラトン》っていう外資系のホテルチェーンの名前を使って、おそらく世界を覆っているある資本の動きとか、そういうようなものを詠《うた》っているんだと思うんですね。それに個人の恋愛みたいなものもかぶっているかもしれないんだけど、ホテルの名前、その意味だけじゃなく、明らかに〝音〟を響かせていますね。

東　こんな歌もありますよ。

・べくべからべくべかりべしべきべけれ　すずかけ並木来る鼓笛隊　永井陽子

言葉の活用形を、鼓笛隊の音になぞらえて詠んでいる。すごくインパクトがあって、一度読んだら、忘れられない歌です。

穂村　これも「転用」のいい例ですね。以上だいたい大きく分けるとこの三つになるんですけど、『猫又』のみなさんも、もちろん全員が意識的というわけではないんだけど、ちゃんとこの三パターンが出てきます。プロレスラーの方たちは、この「創出」に対する感覚がなくて、ほとんど「既成使用」のパターンですね。やっぱり体育会系の人は素直なんだな。文系は、やっぱりなんか一瞬「オレだけの表現」みたいな方に行こうと発想する。

東　赤ちゃんが、言葉を知らない時代にしゃべろうとするときになんか適当なことを言っ

て、それがたぶん「創出」という、独自の、言語を獲得する以前の感覚のようなものを捉《とら》えようとするんですよね。「転用」というのは、すでに別の意味を持っているものを音化しているというか、穂村さんの「さふらんらいす」みたいなもので、意味をいったんはずして音の響きをオノマトペとして利用しつつ、その言葉のイメージも加えるという、掛詞《かけことば》的な効力があるんですよね。

沢田　さて、ではまず、そのプロレスラー、ガイアジャパン勢から見ていきましょう。エース、里村さん作。

△〇君とならチューチューするけどレロレロは少し早いぜ一週間後！　里村明衣子

東　《レロレロ》ってありそうでない「オノマトペ」ですね。

沢田　ツーツーレロレロって流行《はや》り歌の歌詞が昔ありました。漫才コンビもいた。

穂村　男らしいんだけど、女らしい歌なんだよね（笑）。

沢田　里村明衣子を知っている人なら倍楽しめます。《一週間後》ならいいのか、っていうツッコミもさせてくれる、ユーモラスな歌。

穂村　これ、もしも戦前とかに発表されていたら歴史に残ったかもしれないよね（笑）。そういうことってあるからね。こんな俳句があって、

・へろへろとワンタンすするクリスマス　秋元不死男

これは終戦後の句で、今だと諧謔《かいぎゃく》になっちゃうけど、その時代ではたぶん意味がちょっと違って、食べ物が乏しいような状況での《クリスマス》。実際《ワンタン》って《へろへろ》食うもんだしさ。

沢田　穂村さん、今もやってそうです。

穂村　戦後の心象風景みたいなものを不思議に生々しく描いてる。

△　犬達の中で一番チョコが好きクネクネしててカワイイんだ　桜井亜矢

犬を《クネクネ》ってとらえるのが面白いし、《チョコ》《クネクネ》《カワイイ》っていうカ行音も効いている。《犬》が《チョコ》で《チョコ》が《クネクネ》って、ちょっとずつズレてるところがいい。

沢田　ねむねむさん評「食べ物の名前をつけられた犬は愛された犬であるという法則があります」。

穂村　怖い批評だなあ。

△　失恋で胸が痛いよズキズキといつか見てろよぼんぼんダンナ　永島千佳世

沢田　この歌、「何があった《ぼんぼんダンナ》と」？　って思わせますね。これ、折り句でもなんでもないのに、いきなり「ぼんぼんダンナ」って来るところがすごい。正に永島選手のすばしっこい運動能力のような決め技です。

穂村　《ズキズキ》が「オノマトペ」で、《ぼんぼん》は「オノマトペ」じゃないんだけど、この流れの中で見るとそう見えますね（笑）。

東　やっぱり、レスラーさんたちは体感をオノマトペで絶妙に表現する力がすごいですよね。

△リング上痛い辛いは当たり前バンバン受身で足あざだらけ　加藤園子

この《バンバン受身で》っていうのも迫力があって「体験」、させられます。「バンバン当たる」じゃなくって《バンバン受身》っていう掛かり方が面白いなあ、って。

穂村　東さん、《受身》は手でバンってやるもんだよ。

東　え？

沢田　柔道の練習見たことないでしょ？

東　ない。穂村さん、その手のアクションは何？

穂村　《受身》はこうやって畳を叩《たた》くの！

東　《受身》って相手が殴りかかってきたときに防御することじゃないの？

穂村　ちがうちがう。《受身》っていうのは、対人防御ではなく、対床ショックへの対応なんだよ。攻め身があって、《受身》があるわけじゃない。《受身》は純粋な……なんて言うんだろう、着地技術（笑）……投げられたときに反動を殺すという技術なんですよね。第一義的には。それが柔道のときは、必ず手でバン、と。

沢田　穂村さん、短歌以上に解説、熱心ですね（笑）。

東　とてもよくわかりました（笑）。

沢田　次の歌はレフェリーです。

△○道場で聞こえる声はワンワンとニャーニャーブーブー立てコノヤロー！　伊東幸子

穂村　いい歌。

東　《ワンワン》と《ニャーニャーブーブー》ってありふれた「オノマトペ」ですけど、人の叫び声なのかな？　そこが面白いなーと。

沢田　これはね、《道場》で飼ってるんですよ。レフェリーだから練習もなく、きっと道場の隣室にいて、そこに聞こえてくる音を冷静に客観的に並べてみたんでしょう。《立てコノヤロー！》も動物の鳴き声と一緒くたにして「オノマトペ」化させているところが非凡です。

穂村　それにしても本当にレスラーたちの短歌は、イヌは「わんわん」、ネコは「にゃーにゃー」、キスは「チューチュー」、傷は「ズキズキ」、見るは「ジロジロ」……実に体育会的表現ですね。

東　律儀です。ひねろうという発想はないんですね。ストレートに、素直に、どかんと来る。

穂村　この号の『猫又』は一ページ目がすべてプロレスラー作品だから、ずっとこのパターンが続いて、ページめくるといつものひねくれた同人たちで、「かっちゃくっちょこっぽ」とか「みじょーみじょー」とか「ぬののんおおん」とかになるのが可笑《おか》しかった。いきなり創出系になっちゃうんですよね。

沢田　二ページ目以降は頭でっかち、一ページ目は体でっかちなんですね。

○△茜空この世の果てのどんづまりみじょーみじょーと伸びる猫ひげ　那波かおり

穂村　《みじょーみじょー》はやっぱり猫の鳴き声がちょっとかかってるけど、ひげの伸びる音なんでしょうか。

東　妖怪っぽいですよね。「無常」といった言葉も連想させて。仏教的な世界観も感じさせますね。

穂村　《この世の果てのどんづまり》だから。

沢田　猫のカラダの「らせん感」、《猫ひげ》の「おとぼけ感」がうまく終末を捉えたなあって思います。

△雪まくら光にまみれて落ちてくるたん・ぷりん・だんと唄うキャロルは　同

沢田　キャロル・キングですね。

東　雪が積もった翌朝なんかに、《光》でちょっとずつ溶けて、それが木の上からとんとんと落ちてくるような感じが音楽のように聞こえるという歌かな、と。《光にまみれて》移動する感じと《キャロル》っていうのが合ってます。その使い方が面白かったんでとったんです。

○○シンシンと雪降る道をキュッキュッと歩く足跡一歩目は黒　　杉山由果

穂村　《シンシンシン》は普通なんですが、ポイントは最後の《一歩目は黒》ですね。ここにつきます。

沢田　結句が面白いですね。では「二歩目」は何色？　って思ってしまう？

穂村　言われると、なるほどそういうの見たことがあるぞと。《一歩目》だけがにじんで《黒》くなっていった、あとは《雪》の上をきちんと白い《足跡》となっていく。そんな《黒》を見つけた視力は、これも非常にデモーニッシュなものですね。

東　人が見ないところを見ています。《キュッキュッと歩》いたら普通先を見るのに、今自分が踏んだ、いわば一瞬の過去を鋭く捉《とら》えている。キッと後ろを振り向いてる感じ。しかもそれを《黒》で止めるというやり方もうまい。不吉なもので終わらせて、ある種の不安感というようなものを伝えてくる。

穂村　これは実は見つけられないものなんですよね。それで連想したのは、

・くちづけに蝦の味せる現實の不均衡感知りし日ありき　廣西昌也

キスをしたらそれが《蝦《えび》の味》だった、っていう歌なんですよね。この《蝦の味》にもある種のデモーニッシュなものを感じて、言われると確かにレモンの味とかマシュマロの味ではなくて、キスっていうのは《蝦の味》のことがあるなあって思って……かっぱえびせん味ってあるもの。でも不気味だったですねえ（笑）。

東　ん？　ほんのり塩味で微妙なうま味がある？

穂村　これは味覚の問題だから、杉山さんの歌とはちょっとちがうんだけど、でも感覚としては近いものを感じますね。言われると現実ってそういうふうにできてるな、って思うけれど、なかなか見えない。意識に上ってこないというのか。ある画家のエッセイ読んで、今九十歳なんだけど、八十七歳か八十八歳の頃に、毎日見てたなんとかの花の花弁の上にこういう皺《しわ》が必ずあることに気づいたとかって。ということは百五十歳くらいまで生きても、毎日その花を見てると、新たに見えてくるものもあるのかなって。逆に言うと一生見えないものもいっぱいある。近代短歌の写生というのは、これを見つけようとしてがんばってきたようなもので、たとえば斎藤茂吉はそれが非常によく見えていた人。

○○しゃくしゃくとねぎを刻んだ　女房にならないように気をつけながら　中村のり子

沢田　『猫又』のホープ中村さん。高校生です。
穂村　うまい。《しゃくしゃく》もまあまあなんですが、下句《女房にならないように》というのは抜群にうまいですねえ。
東　これは文句なしに点が入る歌です。これを十代の子が作るというのがすごい。具体的にどうしたら《気をつけ》ることになるのかはよくわからないのですが（笑）。
沢田　そこがいいですね。結婚したあとも《女房にならないように気をつけ》ている女性は多いんだろうなあ、って気づかせてもくれる。逆に、なりたい人も多いんだろうなと。
穂村　この歌を読んで、思い出したのが中城ふみ子。戦後の伝説的な歌人、スキャンダラスな不倫をしたり、そののち乳癌で若くして亡くなったんですけど。

・かがまりて君の靴紐結びやる卑近なかたちよ倖せといふは　　中城ふみ子

　昔の日本ですから、たぶん女の人が男の人の《靴紐》をかがんで結んであげてる。それがひとつの《倖《しあわ》せ》であることは確かなんだろうけど、なんて《卑近なかたち》なのだろうと。男の前にひざまずいている己に対するある種の感慨だと思うんですけど、微妙に中村さんの歌と通ずるような気がします。
東　自分の位置をもう一個別の視点で客観的に見ているんですね。中村さん、大人ですね。

○△淋しいと思う間のない冬の日はさらさらと過ぐのぼっておちる　中村のり子

穂村　この歌も、全然若者らしくないですね。普通はもっと気持ちがぱんぱんだよね、この年だと。こんなさらっとした歌にならないよね。

沢田　年寄りのような歌。

東　醒《さ》めている。冷静なの。頭のいい感じ。しかも男にはない目を持っている。

穂村　「ダンナ」にならないように気をつける、なんて男は言わないもんねえ。すぐダンナ面だもん。

東　そうそう、なりたくってしょうがない。

沢田　「オヤジ」にならないようには気をつけますが。

△△互いに重なり合うものは、相等しい　もういちどピタリしようよ　ねむねむ

穂村　うまいです。次元の違う言葉を合体させる。数学的な、クールな言い回しを持ってくることで、その背後にある生の感情というものが逆に立ち上がってくる。《もういちどピタリしようよ》って。

東　《もういちど》というのが切ないよね。《いちどピタリ》していたけど離れちゃって、《もういちど》って言っても、もう二度とできない感じがあります。

沢田　合同、ってやつですね。理系と文系の恋のような歌です。

○タクシーで前向いたままエラ呼吸ぎゅっとつないだ手　ハナサナイデ　　本下いづみ

東　《エラ呼吸》というのにひかれましたね。リアルで。つまり《ぎゅっとつないだ手》で、緊張感のある、あ、どうしようって思う気持ちが強くて、意識しないとうまく息ができない様子が感じ取れます。初めてつながれた手なのかもしれないなあ、と思いました。

沢田　《タクシー》、後部座席では実は二人きりなんですよね。だから楽しいことや苦しいことが起こるものであります。ある種ホテルよりヤラしいです。

△△幸せがたぷたぷ揺れてこぼれそう油断してると草むらに鮫　　同

東　作家の小林恭二さんに「恋人よ草の沖には草の鮫」という俳句があります。『どろろ』ってマンガにも、いきなり鮫《さめ》が出てくる場面があったような気がする。《草むら》にはいろんな危険なものがいそうだね。《たぷたぷ》揺れる感じに説得力がある。

穂村　この《鮫》の部分を伏せ字にして入れるクイズをすると面白いかも。

東　「ホムラ」とか。

穂村　なんでわざわざ字余りにしてまで入れるかなあ。

東　だって、《油断してると》来そうじゃない。

○△病床より眺むる幼子《おさなご》正座にて芋食い唄う「ふんふんふ〜ん」　同

穂村　ぼくこれ好きでした。自分の子供でしょうか。母親が病気なんだけど、《幼子》はそれを知ってか知らずか《芋食》って《ふんふんふ〜ん》と《唄》ってる。《正座》が妙に効いていて、まるで死後の歌のようでもあり、《病床》と《幼子》の間の距離感がすごい。思い出したのがこれです。

・目がさめて日のさすカーテン開けたとき歩いていたのは太郎君なり　手島枝美

この歌、以前の「NHK短歌」のジュニアの部の応募作品で、中学二年生らしいんですけど、ぼくすごい気に入って一番にしちゃったんです。すごい歌ですね。そのまんまの歌なんですけど、この《太郎君なり》は、まるでそこに鹿がいたとか、裸体のお釈迦《しゃか》様が歩いてたとか、そういう異様な距離感みたいなものがあるんです。《太郎君》の質量というのは、単なる隣の子といった感じではない。あとで聞いたらお祖父さんなんだって。本下さんのも自分とその対象との距離感がありますね。《幼子》というのは、ある意味自分のもの。でも全く自分から遠いというそのすごさが《ふんふんふ〜ん》という言葉に現れていて。

東　やっぱりこれはいずれ母である自分が死んでいくときの感覚が入ってますよね。

沢田　《幼子》が座敷わらしみたいです。次の歌は子供からの視線。

△△集い来てあいさつめでたや初春に　カチャリカチャリと母は台所《だいどこ》　坂根みどり

穂村　日本の、あの薄暗い台所の雰囲気をうまく出しています。みんなはハレの部分で挨《あい》拶《さつ》を交わしているんだけど、《母》だけは別の生き物のように暗い《台所》で何か《カチャリカチャリと》みんなのためにやっているっていう、ある年代の日本人なら誰もが分かる歌。惜しいのは上の句《めでたや》のあたりかな。

東　こっちから何やってるか見えない感じがよく出てるよね。

穂村　《カチャリカチャリ》というのはロボットじゃないんだけど、人間とは違う何か。いつも《カチャリカチャリと》何を母たちは台所でやっているんだろうって。連綿とつながる感じね。

東　自分がいるのではなくって《母》がいる、という距離がいいですね。

沢田　だいたい、母親っていないんですよね。明けましておめでとう、という時に。正月以外でも、大事な話をするときも、まずお茶を出すことを気にしていたりする。

東　ほんとになんかいつもカチャカチャしてるの。

穂村　欧米の人から見たら、すごく不思議なことだったらしい。家の女主人が奴隷のごとく動いて。「いや奥さんおかまいなく」って。今は日本でもなくなってきたのかな。ぼくの子供の頃は、父親の会社の人が来て、母親は次々と何かを出して食べさせてくれる、あとでそのお皿を洗って、きれいにする、家庭内妖精。

沢田　でも、あとで思い切り怒ってるの。その妖精は角が生えてるっていうのがその時代の定説です。

△○山に住み新たな扉に手をかけた　ぼっとんという底見えぬ闇　　大内恵美

穂村　文化的な落差を踏まえた歌。これって「ぼっとん便所」のことですよね。ぼっとん便所が当然で、「いや奥さんおかまいなく」が当然だった時代には、これらの歌は意味をもたないわけでね。今だから生きる。

沢田　都会から田舎に嫁いだ女性の歌。とまどい、未来への不安を極めて露骨に詠《うた》っています。

東　《ぼっとん》って、確かに音だけして、その本当の姿って見えない。この音、奈落《ならく》につながってるよね。《ぼっとん》と落としたら、もう二度と取り戻せない感じがある。でもたまに「おつり」が来て……子供の頃、怖かったなあ。落ちたらどうしようとか。手が出てくるかもとか。

沢田　一方こっちは、同じ落ちる音でもきれいな「オノマトペ」。

○○夕焼けにぽったり光るひとしずく冬の水着を干す南窓　　小久保美由紀

穂村　秀歌ですね。《ぽったり光る》の感触がリアル。

沢田　ハ行音の連鎖があって、これが頼りなく、でも清潔な感じを漂わせてます。

東　《冬の水着》というのもいいなあ。ちょっと寒いさびしい感じだけど、明るい冬の夕陽が当たってるという、微妙な場面をうまく捉《とら》えていると思いました。

△△かっちゃくっちょこっぽ辻馬車の振動に知らない官能がめざめる　宇田川幸洋

沢田　馬車の音なんですね。

穂村　男性的な歌ですね。知らない官能が目覚めることを、それまでなかった「オノマトペ」で表現するという。非常にまともな対応がここにはある。歌としては、次の方がいいと思いますが。

△「晩春」のあとフェヤーモントで見た桜ふたふたとちりつもりいまはない　同

もうなくなっちゃったホテルですね。

沢田　《フェヤーモント》《ふたふたと》。これもハ音で、頼りなくてはかない、気持ちいい音です。《「晩春」》は小津の映画ですね。九段の旧フィルムセンターで見て、千鳥ヶ淵に行ったのでしょうか。

△ジャブジャブジャブと温泉のお湯限り無く貴女の愛もそうならいいな　渡邉晴夫

穂村　これもよかったたな。《温泉のお湯限り無く》っていう言い方に。
東　でも湯水のごとくって慣用句で言うからなあ。
穂村　そうなんだけどね。でもなんか現場の感覚がある。
沢田　全く素直に《そうならいい》って願っている気持ちが伝わりますね。
△△今だけは優しい夢を信じたいぎこぎこ走る木馬のうえで　よしだかよ
穂村　これ《ぎこぎこ》がけっこう効いてるんじゃないかな。なんか永続しない感じ。心もとない古い《木馬》っていうのかな。だから《今だけは》って。
東　あやうい感じ。なめらかじゃない。ぎこちない、って言葉を思わせて。うまくいってない感じ。あやうい中にも相手も思う、大好きって気持ちが出てる。
沢田　《優しい夢》ってどんな夢でしょうか？
東　大切にのちのちまでも覚えていたいようなうれしい夢じゃないかな。
△△元気でね風邪ひきねこにうどんやりはっひふっほとアタシに帰る　やまだりよこ
穂村　これも「転用」のバリエーションでしょうね。ほひふへほみたいな。
東　ちょっと照れのようなものを交えつつ、自分に帰る。
穂村　これは恋愛の歌かな。《ねこにうどん》なんてやらないと思うけど。なんでも恋にとっちゃってるかなあ（笑）。

東　野良猫が《風邪》ひいてるのに優しくしてる。私らしくないけど、って。

沢田　熱いうどん食べてる「オノマトペ」かな？　猫、もうひとつ。

△△猫むかず　あんなにあああと泣いたのに2時の宅配受け取れないのに　長濱智子

「あ」に濁音をつけてくれというわがままな注文が。これはまさに「創出」ってやつですね。でも意味わからない。全部が否定形、嘆きの姿勢で構成されてます。

穂村　猫がこっちを振り向いてくれない、ってこと？　これも恋愛に見えるなあ。

沢田　さらに、猫。

△△冬窓で猫と陽の暖守りつつぬののんおおんと眠る幸せ　同

穂村　「オノマトペ」ってのは何かということと根本的にかかわると思うんだけど、《ぬののんおおん》というのは音？　触感？　五感の何だろう？《眠る》ことを譬《たと》えているのか？　そうじゃないですよね。ここで暖かく眠れる自分が存在しているその《幸せ》を表現している。この歌を連想しました。

・ここにいる疑いようのないことでろろおんろおん陽ざしあれここ　加藤治郎

主観とオノマトペの組み合わせが似てる。

沢田　創られた「オノマトペ」が、的を射ているかどうかという判断は実に微妙な問題ですね。

穂村　そう、不思議ですよね。ある「オノマトペ」をなぜぼくたちはそれは当たっている、《みじょーみじょー》とか、東さんの《めるめると》とか、「それは感じが出てるね」とみんなが思って、そうではない「オノマトペ」は「ちょっと無理がある」とか「なんか外れている」って思う判断の根拠は何なのでしょう。「オノマトペ」はかなり難しい問題を含んでいますよね。

東　オノマトペって言葉では表現できないものを補強するわけだから、身体的直感に頼らなくてはならないところはありますよね。

沢田　「創出」もう一首。

△○内緒だよキミと出会ったあの瞬間ピポパピポってこころ踊った　　朝日ゆかり

東　ロボットみたいな心の動きだなと。

穂村　これも戦前にはありえない「オノマトペ」でしょうね。現代特有の一種の「転用」。その時代の人が見たらはてな、って言葉。

東　私たちの世代でもなかなかこれできないよね。『スター・ウォーズ』のR2－D2とか、ああいう感じですよね。心が動いた瞬間をうまく音にしてるな、と。

沢田　「《ピポパピポ》で、○決定です。本当にそういう風に鳴るもの」(中村)。

△こんこんこんこほこほこほほっゴンゴホホーッどんな咳すりゃ皆心配するの　清野ゆかり

沢田　作者のキャラがとても出ている歌です。賑《にぎ》やかで、さびしがりの人。

東　《咳》って出てくるまでなんのことか分からない。入り方がうまいなって思った。

穂村　これ《皆》がいらないですね。字余りになるから。

△カラカラと心が鳴ってしまう夜は毛布と電気カーペットで『平気』　本名陽子

東　可愛い歌です。《カラカラと心が鳴ってしまう》っていうのは、さりげないんだけど、体感的によく分かる。一人のさびしさを自問自答しながら、自分自身を見つめてる、この強がりまじりの孤独な雰囲気が好きでした。

沢田　あんまり《平気》じゃないんだろうなあ、きっと。

東　カッコつけて元気づけてる。なんか不倫してる感じですね。

沢田　え⁉

穂村　なんで分かるんだ？

東　《平気》ってわざわざ書いているあたりが。単に恋人が今そばにいなくてさびしいという感じだけじゃない気がするんだけど。

穂村　東さんは、人を見れば「不倫」と思うからなあ（笑）。

○○ネンネグー阿呆ムク可愛ムク処女のムク盲目のムクはいま昇天す　佐々木眞

△ヒキガエルの逆襲浴びし野良のムク目の毒液をヒリヒリはがす　同

◎一七年一直線に駆け去りぬ今一度鳴け声太きWANG！　同

「さようならムク」

OH！アデュー人語をはじめて口にして老犬ムクはいま身罷りぬ　同

鎌倉の山野を駆けし細き脚そのマシュマロの足裏をぺろぺろ舐めおり　同

ここで跳べザンブと飛び込む滑川ウォータードッグよ輝きの夏　同

東　この「ムクシリーズ」全部好きだったんですけれど、一直線に書いてますよね。飼ってた犬の《一七年》の一生を愛情こめて詠《うた》ってる。犬がぱあーっと真っ直ぐに走ってゆく、そして今一度鳴け、もう一度その声を聞きたい。その鳴き声の表現として「ワンワン」というう「オノマトペ」のスタンダードを避けて、一声《WANG！》っていうふうに書くことによって天から響いてくるような効果が出ていると思いました。この表記も効いています。

沢田　猫ではこうはなりませんね。《一七年》生きても。

東　猫又になりますからね（笑）。

穂村　この連作全般によかったですね。《ネンネグー》っていうのもいい。

東　寝てる感じでしょうか。死んじゃったけど、まだ寝てるような。

穂村　《阿呆》《可愛》《処女》《盲目》の組み合わせも素晴らしいですし、《可愛ムク》というヘンになっちゃってるところとかも非常にいいですよね。これを見るとどうしても連想するのは、あまりにも有名ですけど、これですね。

・我が母よ死にたまひゆく我が母よ我を生まし乳足らひし母よ　　斎藤茂吉

母親が死んでゆくときの歌、短歌史上の最も有名な連作ですけれど、「死にたまふ母よ」とどんどんテンションが上がっていって、そのテンションのピークに詠った歌がこれですね。これと「ムク」はよく似ている。

東　思い出が、混乱しながら脳を駆けめぐっているって感じですね。

穂村　そうなんですね。言葉が微妙に混乱しているところにテンションが乗っているような感じ。どうも佐々木さんは短歌体質かなって思いますね。これを未整理のまま出せるっていうところが。

沢田　そういうの「短歌体質」っていうんですか？

穂村　うーん、普通もうちょっと客観視しちゃうと思うんですよね。

東　未整理の感情って強いんですよ。《毒液をヒリヒリはがす》って表現もよかったですね。はがす、って。まるで自分に毒液がはいったような体感表現ですね。

穂村　液体なんだから普通は《はがす》っておかしいよねえ。《ウォータードッグよ》ってなんで急に英語になっちゃうかな。ナルシシズムが爆発すると急に英語になっちゃうってことはありますよね。「なんとかフォーエバー」とかね。《ウォータードッグよ》って詠って、そのまま出せるというのはかなりの斎藤茂吉力を感じます。

沢田　続いて、平田ぽんさん。彼女の歌も何首かはいってました。ぽん、という名前自体が「オノマトペ」のようです。

△△あいたいよ　海にくちつけごぼごぼと叫んでとどけ彼の島まで　　平田ぽん

東　これは海に口をつけた状態で叫ぶってことですよね。ものすごい迫力を感じました。海を伝って、《彼の島》まで《あいたい》って気持ちを届けたいって歌ですね。迫力のある女性の気持ちというか。《ごぼごぼ》っていうのが、そんなことしたらすごく苦しいんだけど、苦しみながらも伝えたい、普通の伝達手段ではない状態で伝えなければならない何かがあるような、せつなさをふくみつつ、勢いのある歌だなあ。

△　さめはだのにのうでちょっとさわらせてカリカリかかとぷるぷるみみたぶ　同
△雪の上つるんこつるんこつるるんこ笑いがとまらんつるるんこつん！　同
△カズノコよそらにパチパチはじいてる　月が泣いてるたしか月曜　同

穂村　どの歌もそうなんですけど、気立てのよさを感じるんですよね、この人の歌って。自分を戯画化している。思いはほんとなんだけど、マンガっぽく扱っている。照れて相対化する感じがつねにあります。

東　素直なサービス精神があるんですよね。

△△ぽぽーぽぽぽくすんだ水色鳩の声どこか遠くの私の居場所　市居みか

穂村　この歌は人気がありましたね。

沢田　「夜明け前の澄んだ空気を感じます」（小久保）、「のどかさと哀しさを同時に感じる感覚の原体験は、あの鳴き声。あの声を字にすると《ぽぽーぽぽ》でよかったんですね」（響一）。

穂村　鳩ものの名手には河野裕子さんがいます。

・山鳩はどどつぽどどつぽ茨咲く野はねむたくてどどつぽどどつぽ　河野裕子

・くるるくろくろくるるぐうゆさはりの上の曇日《くもり》に山鳩が鳴く　　同

同じ人が同じように《山鳩》を詠っても、《どどつぽどどつぽ》だったり、《くるるくろくろくるるぐう》だったり……面白い。

沢田　客観的な聴覚なんてないわけですからね。

穂村　そのときによって、聞こえ方は当然変わる。自分が空腹だとか、眠いとかそういうことによって聞こえ方も変わる。「ぽぽーぽぽ」の市居さんはとても感度がよくて、この聴覚を《水色》っていうように色彩化したり、《どこか遠くの私の居場所》というふうに書ける。この距離感はなんとなく河野裕子の二首にもある気がしますね。

東　空気みたいな感じで。《ぽぽーぽぽ》って音が《くすんだ水色》っていう、面白いとらえ方。

沢田　音が色っていうのはありえないのに、感覚が伝わってきますね。

東　『絶対音感』にそういうのがありましたね。この音はオレンジ色とか。

穂村　ランボーの詩にもあるよね。母音を全部色で表して。

○△「めーよーとしてるね」ゆきがゆげみたく　ろめんただよういろはのさかで　　沢田康彦

何を表現してるのかわからないんだけど、たぶん二人でクルマか何かに乗ってるのかなあ。

そのよく見えない、前方の視界のことを言ってるのでは。これは実話のような気がするな。

東　子供のつぶやきのような。これは彼女が言った言葉かな。

穂村　ノロケ感があるね。《めーよーとしてるね》っていうのは、単に目の前の状態がそうであるっていうことだけじゃなくて、二人の関係性というものを浮かび上がらせる効果がある。人々はともかく私たちはこれを《めーよー》と呼ぶのだっていう、ある種の共犯感覚。直接外を歩いているときと、温かい部屋から外を見ているときとでは、また表現が違ってくるんでしょうね。そういうダイナミズムも感じますね。

東　あまり親しくない人とは変わった表現ってできない。いきなり親しくない人と《めーよーとしてるね》って言っても「何この人?」って感じで見られちゃう。こういうことを言い合えるっていうのはそういう親しみがあるということを暗示させると。

沢田　それもありますが、逆に親しくない人と親しくなりたいがためにヘンなことを言う、というパターンだってありますよ。

穂村　あ、それはすごい分かりますねえ!

沢田　穂村さんなんかやりそうですね。

穂村　試すんだよね。どこまでそのヘンさを受け入れてくれるかって。オレの《めーよー》を受けとめろ、みたいな。それで「はあ?」って言われたら、慌てて、あ、いいです、すいません、って。

東　「めーよー」。たしかに、全く好意のない相手からいきなり言われたら、思いきり引きますね。

○　めるめるとシール剝がせばあらわれる数字マニアのなくした数字　　東直子

沢田　《めるめると》がすごい。
穂村　力のある「オノマトペ」ですね。ぼくの感じでは「剝《は》がす」というよりも自然に「剝がれる」自動詞的な「オノマトペ」のような気がするんですけど。「めるめるとシール剝がれて」って感じ。自然にべろべろ剝がれていっちゃうようなイメージかなあと。《数字マニアのなくした数字》も気持ち悪くていいですね。
東　なんか変質者っぽさをだそうと思って。
穂村　上手ですね（笑）。
東　マニアが気絶した女の子の洋服を剝がすような。「剝がれて現れる」というと数字マニアがそこにはいないみたいになるから、やっぱり「剝がす」としたい。
穂村　実際に現実の中でこういう体験あるよね。剝がすと何かがあるくじとか。
東　そうそう、そういう楽しみ。それで、幼児で異様に数字好きな子いるよね。とにかくいろんな数字を集めて眺めて楽しんでるの。
沢田　数字には独特のいけない魔力がありますよね。それがよく出ている歌だなあ。とある漫画家がテレビで、理想の隠居生活の話をしていて、丸一日、一切合切数字のない日を作るんだって。どんな数字も見ないって生活。だから、本も読まないとか。
穂村　かなり強迫観念的な話ですね。
東　逃れるのがたいへんそう。
沢田　野菜とか動物、空や地面や水を見てればいいんですよ。
穂村　レタスにページがふってあったりして。
東　キュウリは「1」に見えたり、とか。実は私、熱でうなされると必ず数字が襲ってくるんですよ。以前、「3」に襲われたことが……。
穂村　「3」に！
東　二階に寝てたんだけど、下まで降りてきて、「今、3が襲ってくる！」って家族に言ってたらしいの。
穂村　やだなあ、そんなおかあさん。
東　あ、それは中学校の頃の話ですよ。今はもう大人になって、襲ってくるのは「6」。
沢田　増えてる！（笑）
穂村　でも「6」は……地味だねえ。
東　「6」の場合は、なぜか全部の伝票が「6」ばかりって夢で。「66666……」。
沢田　『オーメン』ですね。

おわりに。あるいは「短歌はこう詠め！」

東　みんな、とてもいい「評」を書かれますね。

沢田　評が歌を育てる部分が大きいですね。褒められると単純にうれしいし。

東　自分も他の人の作品を詠み、自分の作品も詠んでもらうということが、すごくうれしいと思う。私も最初は投稿してたので、この気持ちはよく分かります。うれしい気持ちがまた次から次へホルモンみたいに作用して作歌させてくれる。今度はまたこの人が喜ぶようなのを作りたいなっていう。そういう高まりっていうのを『猫又』には感じるな。九歳から八十何歳くらいまでですか、そういう年齢も職業も状況もちがう人たちが、体力とか時間とかそんなに消耗しないで、ぽんとそれぞれの人生のいいところで歌を出してきてるっていうのが面白いですね。いろんなタイプの人がいるけれど、回を重ねるごとにその人なりの味っていうのがだんだんしみ出る詩型で。何がテーマになっても、一人一人に必ずその人なりのたったひとつの物語があって、その中からいいものを抽出してきてくれる。で、こっちにも手渡してもらえるから、読む私たちにもそれは喜びだなって思いますね。

穂村　短歌の利点というか特殊性って、「カラス」っていう言葉を使った作品をこんなに何十人分もいっぺんに見られるわけじゃないですか。小説とかではそういうことは絶対できないでしょ。「きいろ」っていう題の小説を何十人分もぱっと見て、どっちのできが上だなんて評価もできない。でも短歌っていうのは、見ればある程度力のあるなしっていうのが分かる。それを何度も繰り返すうちに、作者の名前とともに読んでいくとそうなっていくんだけど、ああ今回この人は好調だなとか不調だなとか。この人はオノマトペを使うのがうまいなと分かってくる。

沢田　キャラ立ちがしてくるわけですね。

穂村　ええ。プロレスラーじゃないけど、技や、格というか佇《たたず》まいが見えてくるじゃないですか。

沢田　獣神サンダーライガーの戦い方はこうだ、とか。決め技はライガーボムで、とか。

穂村　純粋に言葉の連なりとしては微妙でも、これはこの人だからいい歌なんだというふうに。

東　そうですね。好意的な読みになることも多いですね。歌が愛情を呼ぶというか。

穂村　そういうのも実力のうちでしょう。

沢田　「題詠」は、短歌を始める際のひとつのお勧めの形ですね。

穂村　ええ。ひとつの題、ひとつの言葉に対してその人がそこから何をどう引き出してくるかっていう面白さがあります。またいわゆる「吟行《ぎんこう》」では、同じ場所に行って、同じものを見てもずいぶんちがう歌が生まれるものです。

沢田　あ、今度それやろう。みんなで「巣鴨」とかに行って（笑）。あるいは「動物園」

とか。「原宿」歩くのも面白そうだなあ。

東　吟行はやると、ほんとに楽しいですよ。「動物園」も短歌作るぞっと思って歩くと新鮮です。

穂村　この『猫又』の面白さっていうのは、まるでみんながひとつずつカメラを持ってて、それぞれの暮らしの中で撮った写真を送ってくるような感じですよね。短歌の歴史性や短歌界から離れてはいるけど、歴史から離れたって人間には写真を撮りたいという欲求そのものはたぶんあるわけで。自分の気持ちを残したいとか、みんなに共感してもらいたいとか、そういう意識っていうのはごく自然なものとして人にはあると思うんです。みんながそうやってパシャパシャ撮ってきた写真を見せっこする。で、一冊のアルバムにする。そうすると「きいろ」っていうテーマのときはみんなが「きいろいもの」を撮ってきて、「きいろ」が写ったたくさんの写真がひとつのアルバムになる。

沢田　今回は、そのアルバムを何冊か見てもらったわけですね。

穂村　そう。ぼくたちはそれを見て、これはピントがボケてるねとか、アングルはいいねとか、ここはトリミングした方がいいんじゃないかとか、そのときは作品として見るわけですよね。でもみんなが撮ってるときは、作品としていいものを撮ろうっていう意識ももちろんあるけど、でもそれよりも自分にとっての「きいろ」とは何かっていうことを撮って残したいっていう感覚の方がたぶん強いと思うんだよね。一人一人からすると、ぼくたちが純粋に作品としてのできを評価しちゃうから、いやそんな気持ちで全然作ったんじゃないのに、って思うことは当然あると思うんです。ただそれはそれで誰かが非情なまでに写真としての、定型詩としての評価っていうものをくださないと、その写真はいつしか風化して消えてしまうものであって、やはりいい写真じゃないと、一人の思い出としても本当には残らないと思う。

沢田　アマチュアとは言え、キャラ立ちとともに次のステップに行きたくなるものですよね。

穂村　アマチュアカメラマンで言えば、ひとつのきれいな写真を撮った人っていうところから、この人にカメラを持たせればきっといいものを撮ってくるぞ、っていう見方に変わっていくわけです。プロというのはその延長上にあるもので、カメラを渡されたらいつも一定レベルを撮ってくる人。

沢田　一定グレードをやらないとお金にならない。

穂村　短歌の場合、お金にはもともとならないんだけど（笑）。

東　『猫又』の今後は？

沢田　ただ続けるのみです。歌う人がいる限り。ただし不定期刊。なにぶん仕事の片手間、一人で編集・印刷・発送を、カンパ金だけでやってるもんで。

穂村　なぜ〝猫又〟なんですか？

沢田　「行っといでと猫が股火鉢《またひばち》」。作家の群ようこさんが昔口ばしった名コピーなんです（笑）。うちのキャッチ短歌もありますよ。「われら尾のふたつに裂けし猫又のごとく夜明けに〈にゃおーん〉と啼《な》く」。

東　確かにみなさん、高らかに《啼》いてらっしゃいますね（笑）。

沢田　うーん。でも無印の《啼》き、ではなあ。お二人にずばり聞きたいのですが、どうやったらうまく《啼》ける＝歌えるんでしょうか？　◎○△をもらうコツってなんでしょうか？

東　今回私の場合、楽しんでやってるな、ってことが伝わってくるものにはだいたい△で評価しました。つけなかったのは、既視感があるってものかなあ。聞いたこと見たことのある表現だなあ、とか。決まった価値観があるじゃないですか、世間には。これはこうなって、みたいな。そういう固定観念にしばられて、一般的に言われてるものをそのままなぞっちゃったかなっていう歌ですね。

沢田　平たく言うと、月並みってやつですね。誰もが発想するやつ。

東　ええ。そういうものには印がつけられないですね。独自性があって、言いたいことが通ってるものには、○とか◎をつけました。

穂村　共感を呼ぶ歌、だけではだめなんです。

沢田　「あ、言えてる」って言われる歌ですね。たくさんあって、たくさん選外となりました。

穂村　これはとても大事な話なんですが、短歌には表現の軸のようなものが二本あるんです。一本は「共感」ですね。そしてもう一本は「驚異」。「共感」というのはシンパシーですけれども、ああその気持ち分かるとか、そういうことってあるなあとか、短歌に触れたときに読者をそういうふうに惹《ひ》きつける感覚ですね。もう一本の「驚異」というのは、ワンダー、と言われるもので、こんなことは初めて聞いた、こんなものは今まで見たことがない、触れたことがないっていう、そういう衝撃を与える要素です。で、どっちかというと、初心者が短歌を見たとき気にするのは「共感」の方なんですよね。共感できるかどうか、あるいはこう詠んで共感してもらえるかどうか、っていうことを重視する。

沢田　『猫又』の同人評でもたくさんありましたよ。「なるほど、言えてるなあと思いました」、「言いえて妙、ですね」の類《たぐい》。

穂村　一方の「驚異」というのは、あまり重視されないんですね。でも、「共感」というのを直接追い求めてうまく読者を共感させられるのかというと、なかなかそうはうまく行かない。たとえば自分の体験を表現する場合にも、現にあったことをそのまま書けば、それは本当のことだからみんなに共感してもらえる、というふうにはうまく行きません。本当に共感性が高い歌っていうのは、実はその背後に必ず「驚異」的な部分を隠し持っていることが多いんです。たとえば、

・人の不幸をむしろたのしむミイの音の鳴らぬハモニカ海辺に吹きて　寺山修司

こういう歌があるんですが、初心者が普通に詠むと、たとえばこんな歌になると思うんです。

「人の不幸をむしろたのしむただひとり古きハモニカ海辺に吹きて」

とかね。その方が実際の体験としてはあることだと思うんですよね。

沢田　でも面白味がなくなっちゃいますね。テラヤマ的屈折部分とでも言うのかなあ。どこかフィクションぽい。

穂村　はい。たぶん《ミイの音の鳴らぬハモニカ》っていうのはウソだと思うんですよ。ここでわざと特殊な表現の「しぼりこみ」をしていると思う。アマチュアが作ったときまずできないのはここの部分なんです。これがあることによって、何か自分の心の不全感というのか倒錯感というのか、そういう陰影のようなものを作り出している。ぼくは「くびれ」とも言っていますが、砂時計の形のようにくびれているというか。「古きハモニカ海辺に吹きて」では一首全体に寸胴《ずんどう》な印象があるでしょう。ここでは《ミイの音の鳴らぬハモニカ》がその「驚異」の部分――しぼりこみに当たるんです。優れた短歌には普遍的な共感を提示するために、必ず一ヵ所しぼりこんでる部分があるっていうことなんです。

・砂浜に二人で埋めた飛行機の折れた翼を忘れないでね　俵万智

この歌のしぼりこみ部分は《飛行機の折れた翼》ですね。別に何を埋めてもよかったんでしょうが。これが初心者だと、

「砂浜に二人で埋めた桜色のちいさな貝を忘れないでね」

みたいになりがちです。

沢田　なるほど、砂浜に思い出の貝を埋めるのは、常套《じょうとう》のイメージですもんね。けれど、それじゃインパクトがない。何も残らない。

穂村　実際に、砂浜に二人で貝を埋めたという体験があった場合に、それはなかなか疑えないというか、まず事実だし、現に大切な思い出だという感情がある場合、そこは動かすことがなかなか難しいと思うんですよね。でも、それでは単なる日記になってしまう。「桜色のちいさな貝」を《飛行機の折れた翼》に置き換えてしぼりこむことができた時点で、やっとそれは表現になるんです。

沢田　しぼりこみのポイントは単語の選択ということですか？

穂村　いや、もちろんそれだけではないですね。しぼりこみは「ここの部分」っていうように、ひとつの単語やモノとして現れるものだけではなくって、たとえば石川啄木の有名な歌で、

・ふるさとの訛《なまり》なつかし
停車場《ていしゃば》の人ごみの中《なか》に
そを聴《き》きにゆく　　　　石川啄木

この歌はもう聞き慣れているから、なんとも思わないし、この歌の持つ共感性は非常な力があると思うんですけれども、実はかなり特殊なカタチをしているんですね。同じことを表現しようとしたら、たぶん、

「停車場の人ごみの中に
ふと聴きし
わがふるさとの訛なつかし」

の方がはるかに普通の言い方のはずなんです。でもこれでは確かにみんな一瞬なるほどと思うけれども、なるほど感が浅い。わざわざ《訛》を《聴きに》《人ごみの中に》《ゆく》っていうのは実は異常な行為なわけで、ほとんど同じ単語でほとんど同じことを歌っているんですけど、ここにも驚異のしぼりこみというものが含まれているわけです。ただ、いったん歌になったものを見てしまうと、そこの部分がワンダーを含んでいるということを見逃してしまうんですが。

東　そうですね。たとえば、描写の構造が変わっているものとして、

・海を知らぬ少女の前に麦藁帽のわれは両手をひろげていたり　　寺山修司

自分が《海を知らぬ》ではなく、相手の少女が《海を知ら》ないと決めつけている。つまり相手の内面を描くことによって自分自身の理想やあこがれを逆に照らし出している構造の歌だと思うんです。外面的に描かれているものは自分の姿のみで、全体的に普通と逆なんですよね。あるいは、

・逆立ちしておまへがおれを眺めてた　たつた一度きりのあの夏のこと　　河野裕子

これは、自分が《逆立ち》した少女を見ている構図なんだけれども、作者は女性で、描きたかったのは《逆立ち》した視点から相手を見つめていたような苦しい気持ちだと思います。性をわざと転換して描くことによって独特の迫力を得ている歌だと思います。つまり、ひとつのやり方として、物事を一方向に順番通り並べない、というのか、自分がここだと思ったところを強調していく方法を使っていく、ということがあると思います。

穂村　体験したことをそのまま歌っていくのでは、五七五七七の形をとった日記にすぎないわけで、たとえ駅で訛をふと聞いたとしても《そを聴きにゆく》とする工夫とか、すぐに《ミイの音の鳴らぬハモニカ》は出てこないにしても、「古きハモニカ」では弱いんだ

っていうことをまず分かるというのが大事です。

東　つきすぎ、には気をつけましょう、と。

沢田　順接、ってことでしょうか？

東　ええ。ありきたりのつながりですね。冬は寒いとか、トマトは赤いとか、さっきの桜貝を砂に埋めるとか。

沢田　風呂《ふろ》上がりにビール、とか？

東　そうそう。

沢田　『猫又』の無印作品からそんな例をちょっと見てみましょうか？　しぼりこみのない歌。つきすぎの歌。

穂村　これなんかどうでしょう？「選ぶ」の回から。

つい覗き選ぶ楽しさ時が過ぎ　いらぬ物買う100円ショップ　外川哲也

これはほぼ日記状態、ですね。

沢田　共感を呼ぶ内容ですが。

穂村　ええ、誰もが「あるある」と思うんですけど、これは共感のレベルが浅い。内容的に誰も反論の余地がないから、共感とそれを呼んでいるだけだと思います。ここではこの《いらぬ物》を何か特殊な具体名に置き換えただけで、一気に表現を指向する部分を持ちこむことになる。それによって「なんかそれ、ヘンじゃないか」と読者に思われる可能性が初めて生まれるんですよね。そうするとそれは共感という点で言えば、さっきの誰も反論できない状態から一見後退したように見えるけれど、実際には本当の共感に至る道としては一歩進んだことになる。何がいいかなあ……。

沢田　「ハエタタキ」は？

穂村　あ、それいいですね。「つい覗き選ぶ楽しさ時が過ぎ　ハエタタキ買う100円ショップ」。これかなりうまく行ってますね。カラフルなハエタタキ、これはいらない(笑)。ほとんど同じに感じるじゃないですか、《いらぬ物買う100円ショップ》と「ハエタタキ買う100円ショップ」は。でも、《いらぬ物》は最初からしぼる意識を全然持ってない。寸胴で、このますっと流れてしまう作りですね。それに比べて「ハエタタキ」はそこで賭《か》けをしているわけですよ。「ハエタタキ」って言った段階で表現としてそれが最善かどうかっていうことが問われることになる。感動の質として間違いなく「ハエタタキ」の方がいいですね。

東　《いらぬ物》って意識は自分の中にあっていいけど、それを言葉で出してしまわない方がいい。

沢田　この際、作者が本当にハエタタキを買ったかどうかは問題ではないんですね。

穂村　はい。

沢田　ウソついてもいいわけですね。

穂村　いいわけです。

東　短歌は、特に最近のものはウソが多いですよ（笑）。いない肉親を詠《うた》ったり。「虚構」も本質を探るための技のひとつです。

穂村　同じ作者の隣の歌で、

受験生わからぬ答え選ぶとき　我が世の運命鉛筆のみぞ知る　　外川哲也

も、これはたとえば「運命を知るトンボ鉛筆」とか、むしろ鉛筆の具体描写に行ってしぼりこむ方がいいと思います。

沢田　あ「トンボ」いいですね。細い頼りない虫の名だし。トボけてるし。

選んでも選び足りぬか箱の底　おばちゃん手に持つキュウリ一本　　外川哲也

穂村　この場合は、強いしぼりこみとは言えないけれど、最後の《キュウリ一本》で、しぼりこまれています。

沢田　文字通り、細いものに。

穂村　映像的にくっきりしますよね。

沢田　穂村さん東さんから△をもらうには、ヘンな単語を入れればいいってことかなあ？

（笑）

東　や、そんなに甘くはないです。ヘンであればいいってコトはないです。

穂村　さっきの「いらぬ物」の歌も、しぼりすぎると今度は「え？　ブタの蚊やり？」……ウソくさいなあ、ってことになってしまうし、「ホッチキス」とか言っちゃうと今度は「それほどいらぬ物ではないのでは？」ってことになっちゃうし。センスが要求されますね。

東　この歌、どうでしょう？「クリスマス」から。

十二月猫も杓子も飾りたて何が楽しい東京の空　　　きよみ

これも言いたいことはよく分かるんだけど、《猫も杓子《しゃくし》も》っていう感想が常套なんじゃないかな。

穂村　そこも置き換えられるよね。

沢田　ただ、ぼくこれ、「十二月猫」ってヘンな動物や「しゃもじを飾る」イメージも呼ぶんで、そんなに否定したくはないんですが……。

穂村　そうですね。でも、やっぱり《猫も杓子も》、つまり「何もかも」って決めつけて言われると、反論の余地がないじゃないですか。本当はそこで賭けに出たいわけです。何か普段飾られてないもので、十二月に限って、え、こんなものまで飾るの？　っていうものを見つけたいですね。急には思い浮かばないけど。
沢田「でんしんばしらも飾りたて」は？
穂村うーん……。ま、でもそういうことです。
東《猫も杓子も》というのは、観念で作ってるということですよね。現実的な感じがしない。漫然と見ないで、意識的に景色を見てるとおのずとそこに答えが浮かび上がると思うんですよ。《東京》も印象が広すぎるから、たとえば「練馬《ねりま》区の空」あたりにした方がもっとしぼりこめるのでは。
穂村やっぱり、これ冒頭で言ったように「クリスマス」って題の難しさですね。「カラス」という題がよかったのは、その点で初めからしぼられちゃってるわけですから。打率が高かったのはそれがあるのかもしれませんね。
沢田慣用句はやめた方がいいですよね。「とかくこの世は」とか。
東「それにつけても」とか。
穂村いずれも反論の余地のない表現ですね（笑）。
東書いてしまったら、いったんそれを疑うくらいの意識をいつも持っていたいです。
沢田この歌は？「クリスマス」から。

ワイン開け去年とちがうクリスマス　一人淋しくイヴを待つ　　悦子

ね。《一人淋《さび》しく》と言わずとも淋しい世界を作り出さなければいけないということですよ

穂村　ぬいぐるみのくまと乾杯、とか。

東　ろうそくを一人で立てる、とか。

沢田　ハーフボトルになっちゃった、とか。

東　ともかく何かひっかかりを。

君の為選びに選んだプレゼント無邪気な顔で受けとる妹　　渡邉晴夫

穂村　これもそうですね。《プレゼント》は具体物にしたい。

沢田　それは本物のプレゼントを選ぶより難しい作業かも（笑）。ただ短歌的に生きてる人だったら、実際恋人にプレゼントをあげるときにも、きっとカルティエの三連とかティファニーのなんだかは選ばないですよね。オレはちょっとちがうぜ、ってやつを選ぶはずだ。かといって手作りの指輪では困るわけでね。

穂村　かといってザリガニでも困るわけで……ぼくなんか、それやりかねないなあ（笑）。

東　穂村さんのしぼりはまた極端だからなあ（笑）。

・卵産む海亀の背に飛び乗って手榴弾のピン抜けば朝焼け　穂村弘

《海亀》×《手榴弾》ですもんねえ。インパクトが気持ちよくてとっても好きな歌ですが。

沢田　関係ないけど、ぼくのフライフィッシングの師匠はその昔ガールフレンドにでっかいヒキガエルを四角い箱にぎゅうぎゅう詰めてプレゼントしたそうです。「夜になるといい声で鳴くんだよ」って。即座に嫌われたそうです。

東　それ、前衛短歌みたいな世界ですね。ぜひそういうエピソードを歌にしてほしいです（笑）。

ぎこちない留守番電話のメッセージ　故郷の母のあたたかみ知る　美和子

沢田　これは「電話」の回から。

東　共感はできるけど、どんな《あたたかみ》なのかあいまいで。

穂村　《ぎこちない》か《あたたかみ》どちらかは外したいですね。

沢田　上の句を全部セリフにしてもいいかもしれませんね。それこそ《ぎこちない》セリフに。《故郷の母》と書かずとも分かるように。

東　どんな《メッセージ》なのか。あるいは、せめて、《ぎこちないメッセージ》とせず、

「ぎこちないあたたかみ」というようなかけ方に移行させた方が、ひっかかりはあっていいんじゃないかな。

沢田　次のはどうでしょう。

場所選び花見席取り出遅れてトイレのとなり茣蓙を広げる　篠原尚広

穂村　これも全く共感できちゃいますよね。誰もそういうふうな経験あるから。でも、その共感というのはなるほどという共感であって、表現としての共感ではない。このままでは日記ですよね。《トイレ》の部分をブランクにしてクイズを出しても、みんなに当てられちゃうんですね。「〇〇〇のとなり茣蓙《ござ》を広げる」で、あっこれは「トイレ」だろうな、と。だから、この《トイレのとなり》あたりをもっとしぼりたいわけです。ちょっと意味はちがってくるだろうけど、たとえば「場所選び花見席取り出遅れてジャングルジムの上で乾杯」とか、そういうふうに。そうなると「そんなことあるわけないだろう」とか、その表現の選択に責任が生じる。あるいは「交番の前」とかね、トイレよりはいいでしょうね、少なくとも。

東　《トイレのとなり》に《茣蓙を広げ》たのはまあいいとして、問題はそこに何を感受したのか、ということでしょうね。《茣蓙を広げ》たあと周りにはイヤな上司がいるのか、《トイレのとなり》だけど可愛い女の子がいるとかね。なんでもいいんだけど、自分の位置をはっきりさせてほしいと思いますね。このままだと事実をそのまま述べてるにすぎないから、本人の感性が見えてこない。

沢田　たとえば、自分がいつもそういうチャーリー・ブラウン的キャラだと言うなら、そこまで語っていかないといけないんでしょう。

東　『かばん』にこういう歌があって、

・白の椅子プールサイドに残されて真冬すがしい骨となりゆく　　佐藤弓生

プールサイドの白い椅子に《骨》を感受している。こういうふうに、同じものを見てもその人だけの何かを見つけてほしいなと思います。

沢田　さてさて、では最後に決定的な質問ですが、短歌というものは、練習するとうまくなるんでしょうか？

東　作りつづけるのももちろん大事ですが、同時にプロの歌をたくさん読むというのも大きいんじゃないかな。新しい古いにかかわらず。読むと、あ、こういう世界があるのか、と。文庫みたいなのでいいと思うんですけど、歌人一人一人が、それぞれの世界を構築しているので、そういうのを吸収していくのも必要じゃないかな、と。

沢田　あ、そうそう、穂村さんの短歌入門書が出てますね。（『短歌という爆弾』小学館）、そちらでもわれら『猫又』が出張参加してタタかれてますので、ぜひ併読をお勧めしたいです。お題は「帽子」。

東　穂村さんの本とこの本、両方読むと味わい倍増です。穂村さんの書き下ろしの評論が鮮烈で、より深く短歌を知りたい方にもとてもいいと思います。

沢田　でもねえ、ただ、難しいんですよね。たとえば講談社学術文庫なんかから出ている『現代の短歌』とかのアンソロジーを読むと、なるほどいいのが抜粋されているなと思うんですけど、でも、ダーン！　とあるとね、ひいちゃうんです。穂村さんの言うところの「体を差し込んで読む」というのができる技術・体力があればいいんですが、シロートにはかなり高度でエネルギーのいることなんですよ。特に文語で書かれたものなんか、なおさら入りにくいし。

東　でも、分かるものってあるでしょ。好きなものがあればそこから入っていけばいいんじゃないかな。当然読む人の好みもいろいろあるでしょうから。

穂村　たとえば、こんなのだったら、入れるんじゃないですか。

・君かへす朝の舗石《しきいし》さくさくと雪よ林檎の香のごとくふれ　　北原白秋

沢田　あっ、これ、素晴らしいですよね！

穂村　すごい喚起力がありますよね。

東　ロマンチック。この歌は白秋が恋に落ちた人妻をその人の家に送りかえすときの歌なんですよ。当時は姦通罪《かんつうざい》もありましたから、かなり苦しい恋愛だったと思います。

穂村　仮にそういう背景を知らなくても、一発で伝わる歌ですよね。何十年もタイムラグがあるんだけど、それを感じさせません。しかもよく読むと技巧的な歌なんですよね。《さくさく》から《林檎《りんご》》への移行のさせ方、《雪よ林檎の香のごとくふれ》というのも、理づめで考えると決して簡単な表現じゃないのに、一首の中でそういうふうにすぱーんと言われると、ぱあっと正に香りたつものがあって。

沢田　匂いますよねえ。

東　視覚と聴覚、嗅覚《きゆうかく》などすべての感覚が刺激されて、とても気持ちがいいです。こういう歌を一首でも残したい、という気持ちが生まれるような作品ですよね。

穂村　こういうのはどうですか？

・観覧車回れよ回れ想ひ出は君には一日《ひとひ》我には一生《ひとよ》　栗木京子

東　《我には一生》という思い、すごくよく分かる。ああ言われてしまった、と思いました。

沢田　ではあと少し、入門のためのお勧め短歌を読者に示して、お開きとしましょうか。

東　こんな歌はいかがですか？

・あの夏の数かぎりなきそしてまたたった一つの表情をせよ　小野茂樹

沢田　ぼく、この歌好きですよ。

三十四歳で夭折《ようせつ》した歌人です。《数かぎりなき》と《たった一つ》って矛盾しているし、抽象的なんだけど、絶唱しているような詠い方で心を打たれます。読者も自分のかけがえのない一回きりの思い出を重ねられるんだと思うんですよ。

・君に逢う以前のぼくに遭いたくて海へのバスに揺られていたり　永田和宏

東　下句はすごいなあ。どこに向かっているんでしょう。

穂村　名歌は本当に青春時代の歌に多いですよね。

こんな歌はどうですか？

・ただ一人の束縛を待つと書きしより雲の分布は日日に美し　三国玲子

東　しぶい選択ですね。《日日に美し》という感性がまぶしい。恋をするという特殊な感情が輝かせてくれた世界を、短歌は三十一文字の中に永遠に閉じこめておくことができるんですね。恋は終わっても短歌は不滅です。

穂村　しぶいといえば、こんな不穏な歌も。

・壁穴からのぞく男よ僕はただ竹の子ご飯を食べているのだ　大野道夫

悪夢の中のような光景だけど、独特のユーモアの底に青春の孤独感があると思います。

東　主婦向けの歌としては、これ。

・倖せを疑はざりし妻の日よ蒟蒻ふるふを湯のなかに煮て　中城ふみ子

作者が離婚したあとに作った歌です。私、コンニャク煮るたんびにこの歌思い出すんですよ。一度でも煮たことのある人なら共感すると思うな。ぷるぷるふるえる《蒟蒻《こんにゃく》》は、《倖《しあわ》せ》という、あやうくて、はかないものに本当によく似合うの。

穂村　ひとつの恋愛とか、自分の青春とかを歌にして、たとえば、一冊の恋愛歌集とか青春歌集とかになったとき、それはもはや自分だけの記録ではなくなっているんですね。体験は確かに自分だけのもので、恋の相手や仲間を除けば誰とも共有できないものなんだけれど、でも作った短歌というのは時間を超えて、手渡せるわけですよね。北原白秋の「林檎の香」の歌に、百年近くもあとのぼくたちが「あれはいいよね」って共感できる。一種のタイムマシーンとしての機能を持っていると思う。

東　いい歌は心のエキスが直《じか》に伝わって、永遠性を持つよね。

沢田　我には一日《ひとひ》、君には一生《ひとよ》、ですね。

文庫版あとがき

穂村　弘

本書の元になった単行本『短歌はプロに訊け！』（本の雑誌社）が刊行されてから五年になる。その間に短歌をめぐる状況は大きく変化した。インターネットや携帯電話の普及というメディア環境の変化に連動して、中高生から二十代の若者を中心に、短歌を詠む人が激増したのである。

ネット短歌、ケータイ短歌などと呼ばれる彼らの作品は、いずれもカジュアルなゲーム感覚、メール感覚で書かれたものだ。作者たちは、短歌が千年以上の歴史をもつ日本の伝統詩であることを全く意識していないようにみえる。

授業中に回されるラクガキメモのような作品をみて、これではちょっと困る、と思いつつ、つい、くすっと笑ってしまう。純粋な遊びやラブレターとして歌を作るなんて最高、とも思う。考えてみると、そもそも伝統的な「歌合わせ」は「遊び」だし、恋愛を詠《うた》った「相聞歌」は「ラブレター」そのものなのだ。二十一世紀の子供たちが意識することなく、自然に「それ」をやっていることに驚きを感じる。

この不思議な短歌ブームの源のひとつが、ファックス短歌の会『猫又』、すなわち本書の作品群である。

発案者の沢田康彦はこう書いている。

短歌結社『猫又』が生まれたのは、ある晩秋の夜、青山のワインバーにおいてでありました。きっかけは女優の渡辺満里奈さんからもらった「体温」というお題。

ここで試みられているのもまた、伝統的な「題詠」に他ならない。

沢田はこの思いつきをファックス同人誌へと発展させ、さらに粘り強く持続させた。その結果、鮮やかな傑作やくらくらするような怪作がたくさん生まれてくることになった。遊び心と無意識のカタマリであるそれらの作品を、いわゆる「歌人」である私と東直子が、野暮を承知で冷徹に「読解」「批評」「評価」したものが本書である。

作者たちは、ラブレターや日記や冗談を採点されるような気分を味わったのではないだろうか。そんなつもりで書いたわけじゃない、と思った人もいただろう。

でも、と私は思う。

完璧《かんぺき》なラブレターがその恋を成就させるとは限らない。

全く限らない。

その替わり、批評の目を潜《くぐ》ることによってそれはひとつの「表現」になる。

恋に破れたラブレターが、今日の喜びに充《み》ちた日記が、軽い気持ちで書いた冗談が、一首の「歌」として永遠に輝く可能性をもつのである。

続・文庫版あとがき

東　直子

何かをはじめるには、入り口がいる。入り口の先には、通路がある。通路の先には、出会いもある、かもしれない。いえ、きっとあるのです、あるのですよ。

この本は、伝えたいなにかを抱えた人が「短歌」というツールを使うための入り口の一つとして読んでもらえれば、と思っています。

ここでちょっとだけ、私自身の話を書かせていただきますね。

私の短歌への入り口は、「MOE」という雑誌で林あまりさんが選歌をされていた投稿欄でした。当時、短歌に強い興味を持っていたかというと、それほどではありませんでした。けれども、何カ月かその投稿欄を眺めているうちに、このきれいなカラーページに、自分の言葉が載ったらうれしいだろうなあ、と思い、その時の気持ちを短歌の形にして投稿したら、なんと採用され、それはもう想像以上にうれしい出来事でした。

少し大げさな言い方かもしれませんが、世界と自分が確かに繋《つな》がっている、という実感が生まれたのです。

その投稿欄には、投稿歌とその選評とともに、毎回必ずプロの歌人の短歌が一首紹介されていて、私の歌が活字になったときに、その隣で林あまりさんの熱烈な解説とともに紹介されていたのが、穂村弘さんの『シンジケート』の歌でした。鮮烈でした。ふるえました。

それが十五年ぐらい前のこと。

その号は今でも大事にとってありますが、まさかこうやって、一緒に本を作ることになるとは！　短歌って、短歌って、運命になることもあるのですね。

その後、歴史を刻んできた様々な短歌に触れ、歌人に会い、短歌の専門誌の新人賞に応募を重ね、運良く受賞でき、歌集を出版し、気がつけば「歌人」と呼ばれる人になっていました。けれども、そのときどきに抱えていた想いを短歌という器に盛り込もうとする心持ちは、十五年前に投稿していた頃となんら変わりません。

穂村さんが書かれているように、インターネットの発達によって、多くの短歌創作者が生まれました。たくさんの人に向けて、言葉を発信したい気持ち、とてもよくわかります。言葉を発信するには、でも、ちょっとだけコツが要るのです。といってもそのコツは、穂村さんと私、そして沢田さんではそれぞれ微妙に、又は、大きく違っています。そのあたりの醍醐味《だいごみ》を、会話の中から感じ取って、楽しんでいただければ幸いです。

この本を入り口にして、短歌に、言葉に、人に、気持ちに、あっと驚く何かに、出会っていただければ、とてもうれしいです。

あなたの言葉を、あなたの好きな人に出会わせてあげて下さい。そして、あなたの中に眠っている言葉に、あなた自身も、出会って下さいね。

『猫又』同人プロフィール

本書で歌が数首選ばれている『猫又』同人をご紹介します。ご本人からの承諾と申告を基に作成したものなので相当にムラがあります。ウソもあるかもしれません。この欄、欠席の人もいます。「♣この一首」は、「◆自選一首」が思いつかない人のかわりに主宰・沢田が選んだものです。

鶯まなみ（うぐいす・まなみ）
一九七五年、東京都生まれ。本名―本上まなみ。女優。著書に、絵本『こわがりかぴのはじめての旅。』ほか、エッセイ『ほんじょの鉛筆日和。』（共にマガジンハウス）ほか。HP「うさぎ島。」は、http://www.honjomanami.com/
◆自選一首―ヒロジの子キヨコケンイチトミコヨシコキヨシ全員酒ばかり飲む
♥好きな一首―肉厚き鰻もて来し友の顔しげしげと見むいとまもあらず　斎藤茂吉

宇田川幸洋（うだがわ・こうよう）
一九五〇年、東京都生まれ。映画評論家。著書に『無限地帯　from Shirley Temple to

Shaolin Temple』（ワイズ出版）ほか。
♣この一首―帽子からとび出した死を追いかけてカラスが坂を駆け降りてくる
♥好きな一首―にんげんの赤子を負へる子守居りこの子守はも笑はざりけり　斎藤茂吉

大内恵美（おおうち・えみ）
一九七一年、長野県生まれ。中学校教諭（投稿時）。
♣この一首―曲がり角ぱっと広がる連翹の黄「どうぞ　ようこそ　待っていました」
♥好きな一首―新《あらた》しき年の始めの初春の今日降る雪のいや重け吉事《よごと》　大伴家持

大塚ひかり（おおつか・ひかり）
一九六一年、神奈川県生まれ。古典エッセイスト。著作に『ブス論』（ちくま文庫）、『美男の立身、ブ男の逆襲』（文春新書）、『愛とまぐはひの古事記』（KKベストセラーズ）、『大塚ひかりの義経物語』（角川ソフィア文庫）ほか多数。
♣自選一首―心病んで里に帰りし夏の日の落ち傾くまで庭の草取る
♥好きな一首―見しことも見ぬ行末もかりそめの枕に浮ぶまぼろしの中　式子内親王

坂根みどり（さかね・みどり）
一九六二年、滋賀県生まれ。無職（ちょっと主婦）。主宰の又従妹《いとこ》。
♣この一首―あぜ道のよもぎを手かごいっぱいに摘めばお祭り　春のまん中

ターザン山本（たーざん・やまもと）
本名―山本隆司（やまもと・たかし）。一九四六年、山口県生まれ。プロレス大道芸人。元『週刊プロレス』編集長。著書に『ザッツ・レスラー』（ベースボール・マガジン社）、『プロレス式最強の経営』（日本経済新聞社）、『往生際。』（ぶんか社）ほか多数。
♣この一首―きいろとはいじけた色なりと　てんりゅうげんいちろう

鶴見智佳子（つるみ・ちかこ）
一九六六年、東京都生まれ。筑摩書房編集部所属。
♣この一首―空高くに見たよ見たよ流れ星　口いっぱいのスイカのタネと
♥好きな一首―サバンナの象のうんこよ聞いてくれだるいせつないこわいさみしい　穂村弘

長濱智子（ながはま・ともこ）
一九七四年、埼玉県生まれ。食堂店員。

♣この一首—誰もまだ気付いていないあのことを反省したくて芽キャベツの中で
♥好きな一首—目のさめるごとき絶望つひになし工場の外の真青な麦　寺山修司

中村のり子（なかむら・のりこ）
一九八四年、東京都生まれ。学生。
◆自選一首—学生のあたためる窓　警笛よ　もうずっとずっと山が連なる
♥好きな一首—くれなゐの二尺伸びたる薔薇の芽の針やはらかに春雨のふる　正岡子規

那波かおり（なわ・かおり）
一九五八年、岐阜県生まれ。翻訳家。黒豆の母。訳書に『ショコラ』（ジョアン・ハリス著、角川書店）、『ジ・アート・オブ・Mr.インクレディブル』（スタジオジブリ／徳間書店）ほか多数。
◆自選一首—動物屋えらばれぬ子のあし・て・はな・みみ・お・目を見てはならぬ
♥好きな一首—「ロッカーを蹴るなら人の顔蹴れ」と生徒にさとす「ロッカーは蹴るな」
奥村晃作

ねむねむ
本名—高橋幸南（たかはし・ゆきな）。一九七二年、千葉県生まれ。会社員。沢田とはD

Cカード会員誌『ル・シネマ』にて「カルト折々の歌」「いつか一緒に見れたらいいね」等を連載。
◆自選一首―氷かむ君のうしろの窓四角　カラス横切る八月早朝
♥好きな一首―錆びてゆく廃車の山のミラーたちいっせいに空映せ十月　穂村弘

伴水（はんすい）
本名―伴田良輔（はんだ・りょうすけ）。一九五四年、京都府生まれ。伴田良輔としての最近の著作に『猫の学校』（ブルース・インターアクションズ）ほか多数、翻訳書に『世にも奇妙な職業案内』（同）ほか多数あり。

本下いづみ（もとした・いづみ）
一九六〇年、大分県生まれ。作家。著作に『すっぽんぽんのすけ』シリーズ（鈴木出版）、『どうぶつゆうびん』（講談社）、『あかちゃんライオン』『あかちゃんカンガルー』（共にポプラ社）ほか多数。
◆自選一首―言い負かしふと見る吾娘のどんぐりを五つ握ればいっぱいの手
♥好きな一首―いま少し気を落着けてもの食へと母にいはれしわれ老いにけり　斎藤茂吉

やまだりよこ（やまだ・りよこ）
神戸市生まれ。文筆業。上方落語、演芸の評論を新聞、雑誌で執筆。メルマガ「週刊　落maga」編集発行人。
◆自選一首―無口なまま恋去った夜うるむ目にカンパネルラの鈍行列車

吉野朔実（よしの・さくみ）
一九五九年、大阪府生まれ。漫画家。著作に『少年は荒野をめざす』（集英社）、『period』（小学館）他多数。本を巡る漫画エッセイ「吉野朔実劇場」シリーズ（本の雑誌社／角川文庫）、映画ガイド『こんな映画が、』（PARCO出版）等も。
♣この一首―蜩真昼の指先がシャンパンに氷を入れたのは秘密
♥好きな一首―家々に釘の芽しずみ神御衣《かむみそ》のごとくひろがる桜花かな　大滝和子

渡邉晴夫（わたなべ・はるお）
一九五〇年、神奈川生まれ。ヘア&メイクアップ・アーティスト。港区元麻布〈メランジ〉オーナー。
◆自選一首―鈍感な身にもウキウキ感じられ桜の頃の風光りけり
♥好きな一首―心なき身にもあはれは知られけり鴫立つ沢の秋の夕暮　西行法師

著者プロフィール

穂村弘　ほむらひろし
一九六二年、北海道生まれ。歌人。日本経済新聞歌壇選者。九〇年、歌集『シンジケート』でデビュー。短歌関係の書籍に『手紙魔まみ、夏の引越し（ウサギ連れ）』『ラインマーカーズ』『ぼくの短歌ノート』『短歌ください』『はじめての短歌』他。エッセイ集に『世界音痴』『にょっ記』『本当はちがうんだ日記』『君がいない夜のごはん』『野良猫を尊敬した日』他。絵本に『あかにんじゃ』（絵・木内達朗）『まばたき』（絵・酒井駒子）『恋人たち』（絵・宇野亞喜良）他。『短歌の友人』で第19回伊藤整文学賞、「楽しい一日」で第44回短歌研究賞、『鳥肌が』で第33回講談社エッセイ賞を受賞。近刊に読書日記『きっとあの人は眠っているんだよ』、書評集『これから泳ぎにいきませんか』。

東直子　ひがしなおこ
一九六三年、広島県生まれ。歌人、作家。九六年に「草かんむりの訪問者」で第7回歌壇賞、二〇一六年に小説『いとの森の家』で第31回坪田譲治文学賞受賞。歌集に『春原さんのリコーダー』『青卵』『愛を想う』（共著）『十階』、小説に『長崎くんの指』（のちに

『水銀灯が消えるまで』に改題）『とりつくしま』『さようなら窓』『甘い水』『薬屋のタバサ』『トマト・ケチャップ・ス』『晴れ女の耳』、エッセイ集に『耳うらの星』『千年ごはん』『鼓動のうた』『短歌の不思議』『七つ空、二つ水』、穂村弘との共著に『回転ドアは、順番に』、絵本に『あめ　ぽぽぽ』（絵・木内達朗）、共編著書に『短歌タイムカプセル』他。「東京新聞」「公募ガイド」等の選歌欄を持つ。

沢田康彦　さわだやすひこ

一九五七年、滋賀県生まれ。雑誌・書籍編集者、エッセイスト。メール短歌会「猫又」主宰。マガジンハウスにて『ブルータス』『オリーブ』『ターザン』各誌の編集者、書籍部編集長等、約三十年間の勤務の後退社。一時京都に居を移しフリー編集者兼主夫業の経験を経て、二〇一六年『暮しの手帖』編集長に。生業以外にも、『香港電影新聞』初代編集長、椎名誠氏の「怪しい探検隊」隊員、動画番組MC、映画企画者等々、多くの顔を持つ。短歌以外の著書・共著書・編書・共編書に『映画的！　映画が大好きなくせに月に一度しか映画館に行かないあなたに』『どうぶつ自慢』『映画のあとに　ミリオンだらだらトーキング』『四万十川よれよれ映画旅　もう一つの「ガクの冒険」』等がある。

本書は二〇〇〇年四月、本の雑誌社より刊行された『短歌はプロに訊け！』を改題し、再編集したものです。「オノマトペ」は、単行本未収録。

「クリスマス」のイラストは、描き下ろしです。

短歌《たんか》はじめました。

百万人《ひゃくまんにん》の短歌《たんか》入門《にゅうもん》

穂村《ほむら》 弘《ひろし》・東《ひがし》 直子《なおこ》・沢田《さわだ》康彦《やすひこ》

平成17年 10月25日　初版発行
令和7年 4月30日　14版発行

発行者●山下直久

発行●株式会社KADOKAWA
〒102-8177　東京都千代田区富士見2-13-3
電話　0570-002-301(ナビダイヤル)

角川文庫 13981

印刷所●株式会社KADOKAWA
製本所●株式会社KADOKAWA

表紙画●和田三造

ISBN978-4-04-405401-4　C0195

角川文庫発刊に際して

角川源義

第二次世界大戦の敗北は、軍事力の敗北であった以上に、私たちの若い文化力の敗退であった。私たちの文化が戦争に対して如何に無力であり、単なるあだ花に過ぎなかったかを、私たちは身を以て体験し痛感した。西洋近代文化の摂取にとって、明治以後八十年の歳月は決して短かすぎたとは言えない。にもかかわらず、近代文化の伝統を確立し、自由な批判と柔軟な良識に富む文化層として自らを形成することに私たちは失敗して来た。そしてこれは、各層への文化の普及滲透を任務とする出版人の責任でもあった。

一九四五年以来、私たちは再び振出しに戻り、第一歩から踏み出すことを余儀なくされた。これは大きな不幸ではあるが、反面、これまでの混沌・未熟・歪曲の中にあった我が国の文化に秩序と確たる基礎を齎らすためには絶好の機会でもある。角川書店は、このような祖国の文化的危機にあたり、微力をも顧みず再建の礎石たるべき抱負と決意とをもって出発したが、ここに創立以来の念願を果すべく角川文庫を発刊する。これまで刊行されたあらゆる全集叢書文庫類の長所と短所とを検討し、古今東西の不朽の典籍を、良心的編集のもとに、廉価に、そして書架にふさわしい美本として、多くのひとびとに提供しようとする。しかし私たちは徒らに百科全書的な知識のジレッタントを作ることを目的とせず、あくまで祖国の文化に秩序と再建への道を示し、この文庫を角川書店の栄ある事業として、今後永久に継続発展せしめ、学芸と教養との殿堂として大成せんことを期したい。多くの読書子の愛情ある忠言と支持とによって、この希望と抱負とを完遂せしめられんことを願う。

一九四九年五月三日